고딩 관찰 보고서

고딩 관찰 보고서

정지은 에세이

지 . 극 . 히

사 . 적 . 인

낮은산

글쓴이가 전하는 말

영화 〈싸움의 기술〉을 본 것은 꽤 오래전이었다. 특별히 집중해서 본 것도 아니고 본 다음에 좋아하게 된 것도 아닌데 그 영화를 잊을 수 없는 이유가 있다. 그것은 백윤식의 대사 때문이었다. 어떤 여자애와 무심하게 대화하던 중 그가 말한다. "야, 너 자세히 보니까 이쁘다아." 그러자 여자애가 묻는다. "그럼, 자세히 안 보면요?" 백윤식이 뭐라고 답할까 궁금했다.

"자세히 안 보면? 모르지. 사람은 자세히 안 보면 안 보인다."

잠깐 나왔던 백윤식의 그 대사는 마음속에 훅 꽂혀 오래 가슴에 남았다. 가까이서 보니 이쁘다. 멀리서 보면 모르고. 그것이야말로 십 년 이상 학교에서 학생들을 만나면서 내가 느끼고 깨달은 것이었기 때문이다.

세상 어디나 마찬가지겠지만 내가 근무하는 곳에도 마음에 들지 않는 것들이 수두룩하다. 어느 순간 나는 내가 하루 종일 마음속으로 투덜대고 있다는 것을 알게 되었다. 어제 학부모님은 나한테 너무 하셨던 거야. 아까 그 학생은 예의가 없었어. 동료 중에 마음 맞는 사람 찾기는 왜 이렇게 어렵지. 오늘 급식은 또 그게 뭐야, 너무 입맛에 안 맞았다고. 그런 식이었다. 나란 인간은 이렇게 마음에 들지 않는 것들에 에너지를 쏟느라 정작 빛나는 것들을 보지 못하고 있었다. 무시무시하게 멋진 학생들도 있고 아름다운 기억으로 남은 훌륭한 동료도 많았는데 말이다.

스쳐 가는 많은 사람 중에 대충 봤을 땐 전혀 몰랐던 감정의 진폭을 일으키는 존재가 있다. 그 존재가 나에게 보낸 미세한 떨림, 독특한 냄새와 표정에 나는 예기치 못하게 흔들렸다. 대체로 남에게 관심이 없는 나를 그런 상태에 빠지게 하는 존재들은 그만큼 내게 특별하게 느껴졌다. 나는 저 사람에 대해서 대체 그동안 뭘 알았던 것일까. 이 사람은 어째서 이토록 매력적인 것일까. 얘는 대체 어떻게 해서 이런 지경까지 된 것일까. 그런 것들은 나를 긴장하게도 하고 촉촉하게도 했다.

나의 냉소와 차가움을 와락 덮어 버린 그녀, 심각한 척하는 어린 선생이었던 내게 피식 웃음을 안겨 준 장난꾸러기 녀석, 당장 내일이라도 옥상에 올라갈 것같이 불안했지만 나의 관심으로 믿을 수 없는 결과를 보여 준 놈, 조퇴하겠다더니 눈물을 주르륵 흘렸던 그 아이, 당시 딩크를 지향했던 나마저 잠깐 흔들리게 할 만큼 완벽한 남학생의 전형을 보이다가 뒤통수를 때렸던 녀석 등.

시간이 흘러도 생생한 그 기억들, 그 각별한 느낌을 흘려보내는 것이 아깝다는 생각이 들었다. 어느 한가롭던 주말 오후, 그런 것들을 글로 남기기로 했다. 이 독특하고 매력적인 인물들에 대한 이야기를 퇴근 후 블로그에 하나씩 올리기 시작했다. 블로그 이름은 '심야교실'로 했다. 선생이긴 하지만 공적으로 존재하기만 하는 자가 아닌 사적 존재로서 풀어 놓는 이야기이기도 하다는 의미에서. 포스팅을 흥미롭게 읽고 반응을 보이는 분이 하나 둘 생기더니 적극적으로 응원하는 분들도 나타났다. 이젠 한 권의 책이 되어 나오다니 정말 기쁘다. 이 사적인 클로즈업 관찰기를 누군가가 이제는 종이를 넘겨 가며 읽을 것이라고 생각하면 두근두근 설렌다.

1부는 내가 개인적으로 만난 학생들 한 명 한 명의 이야기이다. 교사와 학생 관계로 건조하게 시작되어 나라는 개별적 존재가 그, 혹은 그녀를 '고등학생'이 아닌 개별적 누구로 알게 된 이야기이다. 모두 내가 실제로 경험한 학생들 이야기이지만 그들의 프라이버시를 고려하여 성명은 모두 가명으로, 그밖에도 개인적인 세부 사항 일부를 바꾸었음을 밝혀 둔다. 2부는 학교와 관련한 일상, 그리고 까칠하면서 때때로 부드러운 자연인으로서의 내 이야기를 담았다. 단시간에 많은 것을 허겁지겁 파악해야 하는 일에 지칠 때 이 책이 며칠간만이라도, 자세히 천천히 보는 것의 경이로움과 즐거움을 읽는 이에게 선사할 수 있다면 정말 기쁠 것 같다.

2016년 가을, 심야교실에서 정지은

먼저 읽은 이가 전하는 말

블로그라는 공간에 글을 쓴다는 것은 쉬운 일이 아니다. 더욱이 자신의 직업을 드러내고, 자신이 살아가는 이야기를 기록한다는 것은 나를 모르는 불특정 다수의 사람들이 나를 보고 나를 읽어도 된다는 작지만 단단한 자신감에서 시작된 일일 것이다. 닉네임이 '심야교실'인 저자를 나는 블로그를 시작할 때쯤 알게 되었다. 벌써 3년 정도 된 일이다.

어느 날 그녀가 자신의 글이 책으로 나오게 되었다는 반가운 소식을 전했다. 아마도 나 역시 이미 책을 여러 권 낸 전력이 있어 더 반가웠던 것 같다. 그녀의 블로그는 21세기 지금 한국에서 일어나는 지극히 평범한 고등학생들의 이야기지만, 신기하게도 일본이나 유럽의 짧은 단편 소설을 읽는 듯한 기분이 들게 한다. 청소년들의 블랙 코미디 같다고 해야 할까?

'아, 나는 고등학생들 이야기 안 궁금한데…….' 하면서도 어느덧 흥미진진한 이야기에 홀딱 빠져, '혈서로 반성문 쓴 김종민'을, '탐폰 사러 나가는 김희아'를, '아보카도 보이 임지범'을 떠올리게 되고 만다. 나도 한때는 '김종민'이었고, 어느 날은 '안정문' 같지 않았던가. 누구나 반드시 거치게 되는 고등학생 시절의 이야기를 관심과 열린 마음으로 기록해 주는 선생님이 있다면 대한민국의 모든 고등학생들이 '미성년자'나 '수험생'으로만 분류되는 것이 아니라, 개성 있고 매력적인 인간으로 살아가고 있다고 느껴질 것이다.

이제 드디어 나 혼자서 몰래 보며 낄낄댔던 이야기들이 세상에 공개되는 순간이다. 의미가 있어서 기록하는 것이 아니라, 기록함으로써 의미가 있음을 나는 화가의 작품들뿐만이 아닌 '심야교실'의 관찰기를 통해서도 배웠다. 그녀의 책이 말해 주고 있다. 우리의 일상은 얼마든지 영화가 될 수 있으며, 책이 될 수 있다고.

– 이소영(『그림은 위로다』 『모지스 할머니, 평범한 삶의 행복을 그리다』 저자)

차 례

1부 고딩이라는 생명체

2부 학교라는 서식지

1부

고딩이라는 생명체

처방전으로 팁 주는 한병수

굳이 교사가 아니더라도 누구나 한병수를 본 사람이라면 느낄 것이다. 이놈 이거 만만찮은 놈이겠구나, 하고. 새로운 반에 들어간 첫날 한병수는 복도 쪽 책상 맨 뒷자리에 앉아 있었지만 놈의 어두운 기운은 교탁까지 뻗어 왔다. 한병수는 비틀즈 시대의 20대처럼 머리를 덥수룩하게 기른 장발 상태였는데 눈을 거의 덮는 길이의 앞머리 사이로 그 작은 눈을 언뜻 내비치는 것만으로도 부담스럽게 센 기운이 사방으로 내뿜어졌던 것이다.

학기 첫날부터 한병수는 자신의 무리에 둘러싸여 궁궁궁궁 하는 소리를 내고 있었다. '궁궁궁궁'이 뭐냐면 클 대로 커 버린 남학생들이 몇 모이면 생겨나는 소리다. 그들은 '저기 저 깊은 곳에서부터 올라오는 극도의 저음'으로 무언가를 이야기하고 있었다. 그 모습은 사람이라기보다는 자신의 무리를 거느린 침팬지 혹은 오랑우탄 류의 동물 사이에서 풍기는 일종의 본능적 모습 같은 느낌을 주었다. 무엇도 그 자연스러우며 본능에 충실하기 이를 데 없는 작용을 깰 수 없을 것 같은 그런 느낌 말이다. 그것은 학기 첫날의 교사에겐 달갑지 않은 거대하게 덩어리진, 무엇인지 알 수 없지만 존재감 강렬한 에너지였다. 올 한 해는 굉장히 힘들겠구나.

그해는 과연 굉장히 힘들었다. 아이 일로 전화를 하면 며칠 뒤 나타나서 허연 봉투를 내미는 분, 야간 자율 학습 시간에 찾아와서는 이 학교는 왜 이렇게 모기가 많냐며 투덜대는 것으로 시작하더니 공립 학교는 못 써먹겠다며 성토하다가 내가 자신의 아들 담임이라는 사실을 알고 조금 놀라던, 그렇게 열악한 환경에서 공부하는 불쌍한 아드님은 응당 있어야 할 야자용 책상에 없고 운동장에서 신나게 축구 중임을 알고 더욱 놀라고 창피해 고개 숙이고 가신 그분, 사춘기의 절정에 달한 아들의 무례한 언행에 대해 상의 드리려고 전화 드렸더니 말끝마다 자르면서 한술 더 떠 무례한 언사를 선보였던 분이 모두 그해 공교롭게도 내 학부모들이었다.

'성급한 일반화의 오류'는 나를 압도했다. 우리 반엔 예쁜 아이들이 훨씬 더 많았는데 몇 명의 문제아와 그들의 특별한 학부모가 풍기는 악취가 나를 압도했다. 나는 무자비하게 공격당한다는 느낌에 사로잡혔고 무기력감에도 시달렸다. 하지만 이 모든 것은 한병수와는 조금도 관련이 없다. 오히려 한병수는 교통사고가 나서 병원에 입원하는 바람에 오랫동안 자리를 비웠고 그 사이에 한병수의 졸개 오랑우탄들은 저들만의 유기체를 형성하고 또 나와의 관계를 쌓아 가서 한병수가 컴백했을 때 놈의 영향력은 믿을 수 없을 만큼 줄아 있었다.

하지만 여전히 한병수의 존재감은 대단했다. 그 지역 아이들의 형편과는 너무도 대조를 이루는 한병수의 가정환경은 그를 언제나 돋보이도록 만들었다. 나는 한병수가 신경 쓰였다. 놈은 수년 전부터 해 온 사회생활(아르바이트)로 인해 굳어진 업소용 말투와 제스처, 그에 너무나도 잘 어울리는 중년 남성 같은 몸뚱이 때문에 그냥 숨만 쉬고 있어도 무리에서 돋보였다. 아주 드물게 질병으로 지각하거나 조퇴한 경우에는 다음 날 진단서나 처방전을 가지고 왔다. 물론 알아서 내는 건 아니고 내가 내라고 하면 '아참, 내 깜빡 잊고 있었소' 하는 태도로 셔츠 가슴 주머니에서 각지게 접어 놓은 서류를 꺼냈다.

수천 번은 해 온 양 지극히 자연스러운 연속 동작으로 그것을 검지와 중지 사이에 끼운 다음 상박과 하박이 약 110도 정도의 둔각을 이루게 되는 그런 각도로 손을 공중에 치켜들어 뻰 자세로 내게 내밀었다. 마치 라스베이거스의 호화로운 카지노에서 슈트를 잘 빼입은 번지르르한 졸부가 클리닝 레이디에게 팁이라도 건네는 듯한 제스처였다. 나중에 생각해 보니 그랬다는 것이다. 학생에게서는 단 한 번도 보지 못한 그 괴상한 제스처와 태도는 '당황스러움'이라는 감정을 불러일으켰는데 사람이란 최초의 당황스러운 상황에서는 그 상황을 해석할 능력을 잃는 법이다. 병수의 언행은 늘 그런 식이었다. 그 자리에서 콕 집어서 뭐라고 말하기에는 딱히 흠잡을 구석이 없었으나 생각하면 할수록 너무나 기이하고 독특한 것이었다.

나로서는 동화되거나 이해하기 어려운 놈의 세계는 매우 이질적이었지만 그 나름의 설득력이 있었다. 말하자면 그 자체로 일종의 '완결미'가 있었다. 물론 예의 바른 것이 아니고, 올바르다고 하기에도 뭣하지만 다른 문제아들의 경우와 다르게 한병수에게는 뭐라고 무작정 비난할 수 없는 무엇인가가 있었다. 일례로 그는 한 번도 무단 지각이나 무단 결과 등을 한 적이 없었다. 생긴 걸로 봐서는 개학 첫날을 제외한 모든 수업에 종류를 달리한 출결 사항(무단 조퇴, 질병 결과 등등)을 만들어 낼 것이 분명한데, 실제로는 반대였던 것이다. 한번은 놈에게 대놓고 묻기도 했다.

– 병수야, 너도 알다시피 넌 학교에 공부하러 오는 거 아니잖아. 그런데 왜 이렇게 일찍 오니?
그랬더니 놈은 태연하게 대답했다.
– 쌔앰~ 학교는 일찍 와야죠. 학생이 학교는 일찍 와야죠.

맞다, 니가 학생이지……. 나는 속으로 그런 생각이 들어서 절로 웃음이 나왔다. 그런 식이었다. 놈은 나름대로 각이 잡혀 있었다. 학교에 사복을 입고 오는 적도 없었다.

부모님은 살아 계시지만 연락이 되지 않는다고 했다. 누나와 단둘이 사는 집에 같은 동네에 사시는 할머니께서 가끔 보러 오신다는 병수에게 '보호자'가 누구냐고 할 때 나는 속으로 슬며시 웃음이 났다. 보통 이런 환경이면 학생에게 무작정 측은지심이 발동하게 마련이다. 그런데 다부진 체격, 누구에게 당하기는커녕 누군가를 해치지 않도록 교육해야만 할 것만 같은 특유의 아우라, 능글능글하게 기름진 말투 때문에 병수가 누구의 '보호'를 받아야 하는 미성년자라는 사실이 약간 코믹하게 느껴졌다. 그래도 아직은 미성년이었다. 그가 입원했다고 해서 병문안을 갔을 때였다.

침대 가득 들어찬 그 거대한 몸뚱이가 내 쪽으로 돌아눕더니 환하게 웃었다. 그 웃음은 놀랍게도 해맑았…… 던 건 아니다. 그날 역시 수년간의 흡연과 과음, 야식에 쩐 중년 남자 같은 걸쩍지근하고 텁텁한 웃음을 날렸다. 놈이 아파 누워 있다고 해서 뭔가 달라졌다면 나는 이렇게 오랫동안 놈을 기억하지 않았을지도 모른다. 역시 너도 아플 땐 약해지는 십대 후반의 남자아이구나 했을 것이다.

하지만 병수는 역시 달랐다. 한 달 동안 학교를 나오지 못하고 입원할 만큼 제법 큰 사고였는데도 놈은 능글능글했다. 놈은 실은 한 오 년 꿇은 이십대인 게 아닐까. 나는 다음 날 생기부를 열어 그의 주민등록번호 앞 여섯 자리를 확인하기까지 했다. 초등학교를 일곱 살에 입학했던 모양인지 오히려 동급생들보다 한 살 어린 주민번호를 보고서 어찌나 웃음이 나던지. 놈도 신생아 때는 연약했을 것이다. 놈도 세 살 땐 귀여웠을 것이다. 아니다. 한병수는 태어날 때부터 저런 표정을 하고 있었을지도 모르겠다.

지나가던 개가 인간의 언어로 말을 걸어와도 전혀 놀라지 않고 "왜 그래? 바쁜 사람한테." 하고 제 갈 길을 갈 것만 같은 병수. 그 개가 "어이, 나 개잖아. 개가 말하는 거 이상하지 않아?"라고 하면 "허, 쉐키! 형님 바쁘니까 이만 간다." 하고 귀찮은 똥개의 양쪽 귀 사이를 그 두꺼운 손가락으로 지그시 그러나 아프게 꾸욱 눌러 줄 것만 같은 병수. (내 상상 속에 존재할 뿐인 이 똥개가 갑자기 너무나 가여워진다. 얼마나 아팠을까.)

병수는 첫날 내 걱정과는 달리 별 문제없이 학교를 다녔고 무사히 졸업도 했다. 병수는 교사가 십대 후반의 학생에게 미치는 영향력에 대해 진지하게 생각하게 해 주었다. 그리고 당연한 말이지만 학생에게도 그 자신만의 세계가 있다는 것에 대해 알게 해 주었다. 놈은 지금 이십대 후반쯤 되어 있겠지. 그는 사회에서 그의 소원대로 돈을 무지막지하게 벌고 있을까.

근데 병수야, 너 성공하면 선생님한테 세상에서 제일 비싼 와인 한 병 선물한다고 했던 거 기억하고 있니?

혈서로 반성문 쓴 김종민

김종민은 눈에 띄지 않는 아이였다. 만약 그날 그 사건이 없었더라면 나는 지금까지 그의 이름은커녕 존재 자체도 기억하지 못했을 것이다. 남학생치고는 상당히 작고 호리호리한 체구에 흰 얼굴, 3차원이라기보다는 2차원의 느낌을 주는 선적인 이목구비를 하고 있었다. 그러한 외모에 걸맞게 김종민은 작고 조용한 목소리로 아주 가끔 꼭 필요할 때만 입을 여는 아이였다.

위에서 '그날 그 사건'이라고 한 것은 김종민이 의외의 무리에 섞여 수업에 엄청나게 지각한 사건을 말한다. '의외의 무리'라고밖에 달리 표현할 방법이 없다. 시작종이 울린 지 10분 넘게 지났을 때 우르르 뒷문으로 쏟아져 들어온 놈들은 김종민과는 공통된 성분을 단 하나도 찾기 어려운, 그야말로 테스토스테론의 화신 같은 놈들이었기 때문이다. 본관 1층 벽에 걸린 고흐의 자화상을 셀프 튜닝해서 '곧휴'로 개조한 김승기, 튜닝 작업할 때 옆에서 "으어어어어!" 하는 신음을 내뱉었다는 이세찬, 주차 선 안에 그려진 장애인 표시 그림에 성기 모양을 정교하게 그려 넣은 김동찬이 그 무리에 모두 섞여 있었다. 김종민과는 한 공간에서 숨 쉬는 것도 어울리지 않아 보이는 그 그룹에 개밥의 도토리처럼 김종민이 섞여 있었다.

놈들이 우르르 쏟아져 들어온 그 순간에 나는 차갑게 분노했다. 놈들이 들어오지 않는 10분 동안 나는 놈들을 어떻게 지도해서 밀당의 리듬에서 성공할 것인지 차분히 생각해 두었기에 실은 별로 화가 나지는 않았다. 그 반은 나와 평소 죽이 잘 맞았던 반이었고 나는 한 번도 화를 낸 적이 없었기 때문에 놈들뿐 아니라 제자리에 앉아 있는 아이들까지 나의 싸늘하고 냉랭한 표정에 굉장히 당황했다. 어쩔 줄 모르는 이 테스토스테론 덩어리들을 나는 수업 후 교무실로 불렀다. 쭈뼛쭈뼛 들어서는 덩치가 산만한 놈들 사이에 김종민도 들어왔다. 사실 김종민이 끼어 있는 건 불편했다. 김승기, 이세찬, 김동찬 부류만 있어야, 즉 동질적인 남자놈들만 모여 있어야 제대로 지도를 할 수 있을 텐데 말이다. 하지만 이런 절호의 기회는 흔치 않으니 나는 김종민도 싸잡아 하나의 유기체로 이들을 대했다.

그 당시 내가 열독하고 있었던 건 한비자였다. 신규 시절의 단물이 빠졌을 무렵 나는 교실 정치에 대해 진지하게 고민하고 연구하기 시작했는데 한비자는 많은 영감을 주었다. 경험적으로 나는 '유가의 덕은 대한민국 고등학교 교실에서는 반쪽 진리에 불과하다'는 가설을 세웠다. 법가의 '혹독한 왕, 두려움을 주는 리더' 쪽이 내게 훨씬 더 현실적으로 어필했다. 놈들의 반과는 비록 죽이 잘 맞았지만 더 큰 사건이 터지기 전에, 사소한 일을 크게 벌해야 결국은 놈들에게도 자비를 베푸는 셈이 된다고 판단했다. 나는 반성문에 부모님 사인까지 받아 오도록 했고 부모님께 미리 전화도 돌리겠으니 대충 할 생각은 하지도 말라고 했다. 아무리 드센 놈들이지만 '곧휴' 튜닝과 장애인 성기 튜닝을 모두 알고 있는 내가 그렇게까지 나오니 놈들은 위축될 수밖에 없었다. 뇌에 주름 한 줄 없을 것같이 인생이 즐거운 놈들의 어깨가 축 처져서 나가는 모습을 보면서 나는 속으로 "Yes!"를 외쳤다.

하지만 나는 다음 날 Yes를 외친 경솔함을 후회하게 되었다. 초등학생 글씨처럼 엉성하고 큼직한 글씨로 쓴 반성문을 들고 놈들이 나타났고 나는 까다로운 표정으로 반성문을 눈으로 훑었다. 뒤늦게 김종민이 하얗게 질린 얼굴로 들어왔다. 김종민의 얼굴이 본래 굉장히 하얀 편이긴 했지만 그날따라 나는 녀석의 얼굴이 목이 졸리기라도 한 듯 지나치게 창백하다고 생각했다. 그 표정을 보면서 '심약한 아이, 가장 훈육이 불필요한 아이가 제일 겁먹고 상심했군.' 생각하면서 한비자의 방식에 약간의 의문을 품게 되었다. 그런데 진짜 문제는 그게 아니었다. 김종민이 나에게 내민 반성문을 보고 나는 그만 등골이 오싹해지고 말았다. 김종민은 '정말 잘못했습니다'의 '잘못'을 혈서로 써 왔던 것이다!

– 종민아, 이…… 이게 뭐냐. 피 색깔과 완전 똑같은 색을 어디서 찾았냐.

– 선생님. 그거 진짜 피예요.

– 뭐? 왜 그런 짓을……?

– 저는요, 선생님…… 그날 너무 창피했어요. 제가 선생님께 너무 큰 잘못을 했어요. 선생님이 저를 그렇게 불성실한 사람으로 보신다고 생각하니까 너무 괴로웠어요. 다시는 그런 바보 같은 짓을 되풀이하지 않기 위해서 어떻게 하면 좋을까 생각했는데요…… 아무래도 손가락을 따는 게 좋겠더라고요.

– 아…… 종민아.

– 선생님, 저, 저는…… 정말 잘못했어요. 다시는 안 그러겠습니다.

이 사건으로 인하여 나는 남학생들에 대해 다시 생각하게 되었다. 여자 형제만 있었던 나는 사실 '남자'라는 존재에 대해 제대로 관찰할 기회가 없었다. 여자와 접촉이 거의 없던 남자들이 여자에 대해 말도 안 되는 판타지를 마음속에 지니고 살다가 결혼 후 아내를 보고 충격을 받듯이, 나도 남학생들을 가르치며 비로소 남자에 대한 환상이 처절하게 무너졌다. 그동안 나는 〈남학생=테스토스테론 덩어리〉라는 가설에 푹 빠져 있었다.

교사로서 충격과 상처의 나날을 겪으며, '세상엔 당연히 멋진 남자도 있지만…… 그건 일단 20세 관문을 넘은 다음부터…….' 라는 극단적인 생각에 빠져 있을 만큼 필요 이상의 굳은살이 박여 있었던 것이다. 게다가 한비자를 열독하고 있었으니 남학생반에서 내가 취해야 할 자세는 오직 한 치도 방심해서는 아니 되는 경계 태세였다. 그런데 김종민 사태를 겪고 나니 당연한 것이지만 〈남학생에도 여러 유형이 있다〉는 것을 체감하게 되었다. 사슴 가죽 가방보다도 더 손상되기 쉬운 그 여린 마음을 보지 못하고 편의적으로 한통속으로 취급하고 대처한 자신이 너무 원망스러웠다.

교사가 모든 학생의 입맛에 맞게 지도를 한다는 것은 물론 불가능하다. 하지만 내가 자신을 극심하리만큼 '원망'했던 것은 김종민이 그 이후 (약 1년 반 후) 결국 학교에 적응하지 못하고 자퇴를 하고 말았기 때문이다. 남에게는 티끌에 지나지 않는 것조차도 무거운 돌덩어리처럼 크게 느끼는 섬세한 영혼을 지닌, 난초 같은 아이를 내가 너무 막 대했구나 하는 자책감이 들었다. 나의 지도 때문에 김종민이 자퇴한 건 아니라 하더라도 결국은 이런

식의 학교 문화에 상처를 입은 결과인 것 같아서.

이 험난한 세상에서 우리 종민이는 어떻게 살면 좋을까. 분명 섬세한 영혼, 높은 도덕성이 긍정의 에너지가 될 방법이 있을 텐데. 학교는 원천적으로 김종민 같은 한 오라기 난초가 건강하게 자라기를 기대할 수는 없는 정글인 걸까. 혹은 김종민은 인생의 멘토가 될 만한 결정적인 '그 사람'을 학교에서 찾지 못했기에 해피엔딩을 맞지 못한 걸까.

내 직업이 교사라고 하면 그날 처음 알게 된 사람이더라도 "아휴…… 요즘 애들 정말 드세죠? 얼마나 힘드세요. 정말 대단하세요."라고 반응하는 경우가 대부분이다. 그 말도 틀린 말은 아니다. 하지만 이와 같이 아이들과 같은 공기를 들이마시고 내뱉는 일을 일상적으로 하다 보면, 원경이 아니라 클로즈업으로 그들을 보다 보면 다른 '결'이 보인다.

어른 무서운 줄 모르고 덤비는 극악스럽고 뻔뻔한 십대들이 아니라, 그 사이에서 이러지도 저러지도 못 하고 어쩔 줄 몰라 하는 아이들이 보인다. 김종민의 학교 히스토리는 비극으로 끝났지만 그의 인생 전체는 해피엔딩이 되길. 그의 이십대는 찬란하게 빛나길. 자신만의 종족을 찾아가 자기는 '미운 아기 오리'가 아니라 '백조'였음을 자타에게 확인시켜 주길. 종민이가 부디 그래 주길 소망해 본다.

말랑하고 흔들거리고 살아 있는 김해진

김해진을 처음 봤을 때가 나는 기억나지 않는다.

그녀는 특별한 학생이 아니었기 때문이다.

좋은 의미에서든, 나쁜 의미에서든 특별히 첫인상 같은 것이 있을 정도로 나에게 깊은 인상을 주는 외모나 성격을 지닌 학생이 아니었다는 뜻이다.

그저 어느새 내게 '인지'되었는데 그 느낌은 기억이 난다.

그것은 짜증과 불가해함이었다.

악의가 있어 보이지는 않지만 결과적으로 내 수업을 끊임없이 방해하는 김해진에게 어느 날 나는 확 짜증이 나 버렸다. 당시 내가 가장 싫어하던 유형의 학생이 바로 그런 스타일이었다. 즉,

'악의가 없는 무식함'이었다. 나쁜 의도가 없다면 뭐든 용서되어야 마땅한가. 오히려 확실하게 혼내기에 딱 좋은 '나쁜 의도'가 없으면서 결과적으로 내게 나쁘게 작용하는 행동을 끊임없이 한다는 것이 더욱 화를 돋우었다. 김해진은 공부에 뜻이 없는 학생 특유의 산만함과 눈치 보기가 날이 갈수록 심해지고 있었다. 떠들다가 지적 받으면 '이크' 하는 듯한 표정으로 고개를 수그리지만 단 10초도 지나지 않아 똑같은 짓을 되풀이하는 그 끈질김이 싫었다.

아니,
그런 학생들이야 학교에 가면 차고 넘치는데.
나는 어쩌면 그냥 그녀가 싫었던 게 아닐까.
교사로서 학생을 '그냥' 싫어한다고 하기에는
스스로도 용납되지 않으니
그런 허울을 붙인 것에 불과한 건 아니었을까.
어쨌든 나는 유독 김해진에게 신경이 곤두섰고
다른 아이와 똑같은 짓을 하다 눈에 띄어도 더 화가 났다.
그것이 부당하다는 것을 나 스스로도 감지했기에

플러스알파가 되는 부분은 꾹 눌러 참았다.

그 바람에 결과적으로는 더 화가 났다.

매번 그런 식이었다.

"모든 학생이 국어 시간을 좋아할 수는 없다."

이것은 열린 사고이자 멋진 관념이다.

그러나 현실에 그것이 내려왔을 때 상황은 썩어 들어간다.

구역질이 나고 냄새가 진동하게 마련이다.

김해진이 내게 각인된 것은 내가 그런 행동을 지적할 때 그녀가 보인 반응 때문이었다. 그녀는 예의 그 미묘한 바보스러움을 도무지 언어화할 수 없는 방식으로 희한한 추임새와 표정을 곁들여 방출했다. 굳이 예를 들면 '에구웅'이라든가 '으허으허엉' 뭐 이런 각별하게 바보스러운 짧은 감탄사를 내뱉으며 자라처럼 고개를 쑥 집어넣으며 까딱까딱했다. 그것은 보통의 여고생이 보일 만한 반응이 아니었다. 상황을 모면하는 것도 아니고 반성하는 것도 아닌 그 불가해한 반응, 너무나 바보스러운 그 행동이 나를 더욱 화나게 했다.

어느 날 나는 우연히 김해진의 가정사에 대해 듣게 되었다. 그 사정은 기가 막혔다. 그녀가 아주 어렸을 때 남편의 폭력을 견디다 못한 어머니가 야반도주를 했고 그 뒤론 줄곧 아버지와 둘이 살았는데, 그녀가 중학생이 되었을 때 아버지 역시 얼마 되지 않는 돈을 모두 들고 어딘가로 튀었다는 것이었다. 현재 그녀는 이모에게 맡겨져 지내고 있는데 이모네 집에서도 조카를 거두는 것을 부담스러워 해서 이모네 집과 고모네 집을 전전해 오기를 몇 년 째 하고 있다고 했다.

하아…….

누군들 개인사가 없니.

누구나 다 사정은 있는 거야, 라고 나는 늘 말한다. 차갑게.

고등학생이잖아, 이제.

불리한 출발점을 핑계 삼으려는 나약함을 버리려고 노력해.

말해 줄까? 세상에 엔 분의 일이란 없어.

그렇게 예쁘고 반듯하지가 않아.

제발 어리광은 그만 좀 부려.

그런다고 뭐가 달라지니.

그 시간에 이 불합리에 맞설 근육을 키워.

이렇게 말한다.

그렇게 관념적으로 말한다.

하지만 현실을 들여다보면 그런 것이 얼마나 관념에 불과한 헛소리에 지나지 않는지 깨닫고 만다. 교사가 학생 개개인의 사정을 다 알 수도 없고, 그러기를 사회가 허용하지도 않는다.

하지만.

하지만. 어쩔 것인가.

이런 건 직업인으로서의 교사가 학생을 대하는 것을 넘어서는 세팅을 마련한다.

그렇게 어른들로부터 무수히 버려졌던 김해진이 그 정도나마 웃음을 유지한다는 것이 갑자기 너무나 위대하게 보였다. 나는 진심으로 김해진이 대단하게 생각되었다. 그녀는 바보가 아니라 아픔을 잠시 잊고 현재에 몰입할 수 있는 능력을 지닌 대단한 정신력의 소유자가 아닌가. 나라면 그런 상황이라면 24시간 얼굴에 죽상을 쓰고 있을 것 같다. 단 한순간도 그렇게 해맑게, 마치 바보같이, 구김살 없이 웃을 수는 없을 것 같다.

그런 생각을 하던 어느 날 우연한 기회에 김해진과 단둘이 이야기를 할 기회가 있었다. 그 기회는 내가 일부러 만든 건 아니었고 무슨 얘길 했는지도 사실 잘 기억이 나질 않는다. 다만, 나는 처음으로 김해진을 '개인적'으로 대했다.

나는 진심으로 그 아이가 내게 물어본 질문에 대해 성심성의껏 대답해 주었다. 김해진은 내 말을 정말 잘 듣더니 잠시 나를 선량하면서도 깊고 밀도 있는 표정으로 쳐다보았다. 마치 자기 질문에 이렇게 성실한 대답을 하는 사람은 태어나 처음 본다는 듯한 그런 표정이었다. 말하지 않았지만 김해진은 내게 진심으로 감사하고 감동하고 있었다. 나는 그 아이에게 그런 깊은 감정의 진폭이 있다는 사실에 놀랐다. 한 3초 남짓 될까 말까 한 그 순간을 지금도 기억한다. 김해진도 나를 5교시 국어 시간에 들어오는 선생…… 이 아닌 개별적인 인간으로 보고 있음을 알 수 있었다.

그것은 절대적인 순간이었다.

교사 경력이 10년을 훌쩍 넘어갈 때였지만, 그런 경험은 몇 안 되는 진기한 것이었다. 김해진은 다음 시간부터 180도 변했다. 진지하게 국어 수업을 들었다. 정말 그렇게 진지하게 국어 수업을 듣다니 믿을 수가 없었다. 아마 김해진은 중학교 때부터 모든 수업 시간에 한 번도 집중한 적이 없는 학생이었으리라. 김해진은 처음 공부라는 것을 해 보는 학생만의 설렘과 벅참, 고뇌가 버무려진 그런 표정을 짓고 있었던 것이다. 마치 다른 사람을 보는 것 같은 충격적인 변화였다. 떠들던 학생이 좀 조용히 하고 수업을 듣는 척하는 그런 식의 표면적인 변화가 아니었다. 김해진은 표정 자체가 달라졌던 것이다. 그 "이궁궁" 하는 이상한 혼잣말도 없어졌다. 내가 한 사람에게 이렇게 큰 변화를 불러일으킬 수도 있다는 사실이 두렵게 느껴질 만큼 엄청나고 극적인 변화였다. 아마 그런 식의 변화는 남은 교직 생활 동안 다시는 볼 수 없을지도 모른다는 생각이 들었다.

김해진은 전과는 완전히 다른, 공손하면서도 깊이 있는 태도로 내게 인사를 했다. 선불리 친밀감을 표하지 않았지만 나는 김해진이 내게 개인적인 태도를 보인다는 것을 충분히 느낄 수가 있었다. 복도에서 김해진을 마주칠 때마다 나는 가슴이 너무나 쓰라려 왔다. 그리고 뿌리 깊이 뼛속 깊이 흔들렸다.

17~18년을 가정에서 굳어 온 습성과 가치관을 국어 선생 따위가 바꾸리라는 것은 지나친 기대이자 자만에 불과해. 너무 큰 기대는 갖지 말아야 돼. 섣불리 인성 교육 따위를 넘보지 말아야 돼. 그냥 전공에만 신경 써. 언젠가부터 이런 주문과 주술을 걸며 스스로를 다독여 왔다. 학교와 사회에서 교사를 회의주의에 빠지게 만드는 일이 비일비재하게 벌어져 왔다. 그것을 견디지 못한 약한 나의 왜소한 자아 분열이라고나 할까. 그러나 어느 날 부지불식간에 그것이 허술한 매듭 풀리듯 풀릴 때가 있다. 바로 김해진 같은 학생을 만날 때다.

아.

넌 미성년자이지.

그래, '미성년'이라는 게 이런 것이구나.

'성년'이란 완성된 인간이라는 뜻이 아니다.

그냥…… 양적으로 한 번 채워져서 크게 변하기는 힘들다는 뜻

정도로 보아야 한다. 반대로 '미성년'은 완성이 덜 된 미숙한 인간이라는 뜻이 아니라, 아직 변화의 가능성이 크다는 뜻으로 보아야 된다…… 하고 생각하게 된다.

김해진을 볼 때마다 그런 생각을 했다.
나는 얼마나 오만했던가 하고.
인간의 변화 가능성을 그렇게 속단한 죄가 얼마나 컸던가 하고.
김해진은 지금쯤 어떻게 지내고 있으려나.
가끔 내 생각도 하려나.
내가 그녀에게 준 것이 뭔지 나는 모른다.
하지만 그녀는 확실히 내게 준 것이 있다.
나의 오만한 속단을 깨부수어 주었고
학생이 살아 있는 말랑하고 흔들거리고 입체적인 개인임을
새삼스럽게 자각하도록 해 주었다.

내가 나이 든 선생이 되어 학생들에 대한 감수성이 무뎌질 때마다 모습을 달리해서 나타날 미래의 김해진들에게 미리 감사하고 싶다. 고맙다.

아보카도 보이
임지범

1) 제가 다섯 살 때부터 부모님이 맞벌이를 하셨어요.

2) 저는 다섯 살 때부터 혼자였어요.

같은 일을 두고 이렇게 완전히 다르게 말할 수가 있는데 그날 나는 2)와 같이 말하는 지범이를 만났다. 지범이는 뭐랄까 〈내가 담임이 아니었다면 1년 내내 사적인 대화를 했을 리 전혀 없는 고2 남학생〉이었다. 이게 뭘 뜻하는지 고교 근무 경력 3년 이상 된 자라면 이해할 것이다.

십대란 기본적으로 엄마와 같이 다니는 것을 창피해하거나 짜증스럽게 생각한다. 특히 남자아이들은 삼십대 중반 이상이 된 여자 사람은 다 엄마 비슷한 존재로 생각하는 것 같다. 동성인 존재로부터 얻을 수 있는 값진 정보나 교감을 나눌 수 있는 것도 아닌데다가 이성이긴 한데 세상 가장 짜증나고 거추장스러운 이성이라고 할 수 있는 '엄마' 부류의 인간이니. 나라도 뭐, 별로 할 말이 없을 것 같다.

학생 쪽은 그렇다 치고 그럼 이제 교사를 보자. 35세 이상 된 여교사란? 범위를 더 좁혀 보자. 아이가 있는 35세 이상의 여자 교사. 그녀는 출산이나 육아, 집안일 등 잡다한 일로 에너지와 촉수가 뻗어 나가 숨만 쉬고 있어도 방전 중이다. 따라서 교사 쪽에서도 굳이 자신을 투명인간 취급하는 십대 남학생과 뭐 그렇게 속 깊은 얘기를 나눌 여력이 없다. 동성이 아니어서 할 수 있는 대화도 상당히 제한적이고.

지범이가 담임 면담을 위해 약속된 시간에 왔을 때만 해도 나는 지범이가 뭔가 나에게 의미 있는 말을 하리라고는 기대하지 않았다. 솔직하게 말해 보자. 모두 한 번 이상은 면담을 해야 되니까 면담 약속을 잡았을 뿐이었다. 저 초점 없는 눈동자, 매사에

의욕이라든지 특별한 열정이라고는 손톱만큼도 있어 보이지 않는 애티튜드, 십대지만 마치 오십대 초로의 사내 같은 느릿한 말투. 내가 묻는 말에 "예" 혹은 "아니요"를 기본으로 면담 시간이나 채우다가 종이 치면 느릿느릿 교실로 돌아갈 게 뻔해.

하지만 그것은 나의 오산이었다.
지범이는 축 늘어진 노인네 같던 평소 모습과는 달리 내가 뭐 한마디 물어보면 열 마디 이상으로 대답했다. 남학생이 선생의 물음에 세 마디 이상으로 대답한다는 것은 마치 남학생이 무늬가 있는 편지지를 구입해서 손편지를 쓴 다음 그것을 곱게 포장된 초콜릿과 함께 수줍게 내미는 것(실화인데 10년에 한 번 정도는 이런 일이 있다!)만큼이나 기특하면서도 기이한 일이다. 지범이의 대답에서 특기할 만한 사항은 세 마디도 아닌 열 마디를 훌쩍 넘는 장광설이라는 것만이 아니었다.

그의 말에는 아무런 논점이 없었다. 이십대 때엔 그렇게 무게를 잡고 어쩌고저쩌고 해도 학생들이 날 물로 봤는데 언젠가부터 내가 아무리 부드럽게 말하고 긴장을 풀어 주려고 해도 특히 남학생들은 면담하려고 의자에 앉는 순간부터 대부분 바짝 긴장한다. 내가 무섭게 생겼나. 하지만 지범이는 아니었다. 얘가 어찌나 삼천포로 빠지는 말을 길게도 이어 나가는지 마치 속생각을 그대로 말로 배출해 내는 미래 세계에서 온 기계 같았다. 20년 전에 홍대 앞 산울림 소극장에서 감명 깊게 본 〈고도를 기다리며〉에 나오는 '럭키' 같기도 했다.

예를 들면 이런 식이었다.

– 지범아. 그게 무슨 소리니. 니가 다섯 살 때부터 혼자였다니.

– 네, 그게 무슨 말이냐면요, 제가 다섯 살 때부터 집에 가면 집에 아무도 없었던 거예요. 그런 때에 제가 주로 뭘 하느냐! 하면요, 음…… 공부는 잘 안 되고 솔직히 선생님, 공부하는 게 즐겁기만 한 일은 아니잖아요. (어, 어…… 그렇지.) 그래서 저는 이제부터 공부를 할 때 이것을 인정하기로 했어요. (뭘?) 공부는 즐거울 수가 없는 것이다. 제가 즐거운 건요 축구를 할 때입니다. 축구는 몸이 좋아야 잘할 수 있는데 보시다시피 제가 좀 골골하잖아요. 하지만 제가 몸은 이렇지만 밤엔 잠도 잘 자고요 감기 한 번 걸린 적이 없거든요. 감기 걸리면 저희 엄마가 정말 걱정

을 하세요…….

나는 상담을 하고 나면 거의 대부분 '아, 오늘도 내가 말을 너무 많이 했네. 이놈의 직업병! 애 말을 좀 더 많이 들어줄걸.' 하고 후회를 한다. 하지만 지범이와 상담할 때 나는 거의 말을 할 수가 없었다. 지범이는 내 눈을 제대로 보지도 않으면서 믿을 수 없을 정도로 끊임없이 많이 말했다. 나는 이놈이 논리를 갖춘 어른과 개인적인 대화를 해 본 일이 거의 없이 십팔 세가 되었음을 깨달았다.

지범이는 아버지를 재작년쯤 우연히 한 번 본 적이 있다고 했다.
– 아버지를 우연히 한 번 보다니? 그게 무슨 뜻이지?
나는 곧 질문한 것을 후회했다. 지범이는 이 간단한 물음에 무려 오 분간 내게 또다시 논점 없는 장광설을 쏟아 냈다. 결국 나는 지범이가 '어디서' 아버지를 우연히 봤는지, '뭘 하다가' 우연히 봤는지, 그래서 그의 아버지는 '지금 어디에 계시다는 건지' 우연히 본 날 지범이가 '뭘 했거나 느꼈는지' 등에 대해서는 아무것도 알 수 없었다. 그래도 그날 지범이는 내게 이전과는 전혀 다른 느낌을 주고 고개를 거의 90도로 숙이다시피 하면서 꾸벅 인사를 하고 교실로 올라갔던 게 기억난다.

지범이는 아보카도 같은 사람이라고 생각했다. 사전 지식이 전혀 없는 사람에게 그처럼 극단적인 체험을 선사하는 과일도 없을 것이라는 점에서. 아보카도를 처음 알게 된 건 호주에서 교환학생으로 있을 때였다. 내가 다른 나라에 가서 가장 이국적인 느낌을 맛보게 되는 건 그 나라의 자연과 과일을 만날 때인 것 같다. 아보카도라는 과일이야말로 내게 가장 이국적이어서 호기심에 덥석 샀다. 껍질을 까기가 정말 힘들었지만 겨우겨우 칼질을 해서 깠는데 정 가운데에 으리으리하게 큰 씨가 박혀 있는 게 아닌가. 너무나 황당하고 화가 났다. 연두색의 과육을 씹으려고 하는데 그렇게 떫을 수가 없었다. 이것은 도대체 뭐냐고! 나는 두 번 다시 아보카도라는 과일을 사지 않았고 아보카도라는 말만 들어도 화가 났다.

아보카도란 과일은 충분히 익힌 뒤에 특유의 자르는 방법으로 요령 있게 자른 뒤 즐겨야 하는 과일이라는 걸 알게 된 건 거의

20년이 지나서였다. 아보카도를 제대로 알고 난 뒤 나는 아보카도를 정말 아끼고 있다. 아보카도는 떫고 단단한 과일이 아니었다. 지극히 부드럽고 섬세하며 아주 독특한 풍미를 지닌 귀한 과일이다.

지범이는 그 다음에도 한두 번인가 면담하러 내려왔는데 그중 마지막은 울먹이며 올라갔다. 그날도 나는 거의 몇 마디 못 하고 지범이의 엄청난 장광설을 듣고 있었을 뿐인데 말이다. 지범이가 그날 한 말이 굉장히 여러 가지여서 나는 그가 무엇 때문에 울먹였는지는 정확하게 알 수 없었다. 지범이는 그해 내내 나를 엄마나 이모 같은 느낌으로 대했던 것 같다. 지그시 앉아서 자기 말을 들어주는 푸근한 엄마 하나 있었으면 하는 마음으로 그랬다고 생각한다. 태어나서 나는 누구에게도 '푸근하다'는 식의 말을 들어 본 적이 없고 스스로 생각해도 쌀쌀맞거나 차가운 쪽에 가깝다. 하지만 지범이의 맥락 없는 장광설을 듣고 앉아 있다 보면 마치 내가 굉장히 푸근한 사람인 것 같은 착각이 들었다.

지범이에게서 추석 임박해서 문자가 왔다.

– 선생님, 저 지범이라고 2학년 7반이었는데 기억나세요?

– 그럼 기억나지.

– 잘 지내세요?

– 요즘은 잘 지낸단다. 운동하거든. 넌?

– 선생님이 저 읽으라고 주신 책 있잖아요.

– 나 그거 너 준 게 아니다. 빌려준 거라고 말했잖아. 빨리 읽고 줘.

– 아뇨. 아직 안 읽었는데요. 이제 읽을라고요.

– 야, 빨리 읽어.

– 네, 이제 읽을라고요.

– 알았다. 너 내가 책 빌려 가서 안 돌려주는 사람, 돈 빌리고 안 갚는 사람보다 더 싫어하는 거 알지.

– 헤헷, 네 선생님. 꼭 읽을게요.

– 나 농담 아닌데.

– 네, 선생님 빨리 읽고 찾아뵐게요. 선생님 추석 잘 보내세요.

지범이의 말이 짧아진 건 그게 장광설을 속사포로 쏟아 낼 수가 없는 휴대폰 문자였기 때문이었을까. 아니면 누군가 자기 말을 귀 기울여서 들어줄 사람을 만나서 적절한 길이의 대화들로 촉촉해졌기 때문일까. 부디 후자이기를 바란다. 그 대화 상대자가 똑똑하면서도 귀엽게 생긴 여자 친구면 금상첨화고.

지범아, 너도 추석 잘 보내라. 그리고 책은 안 돌려줘도 된……다고 할 줄 알겠지만 꼭 돌려줘야 되고.

탐폰 사러 나가는 여고생
김희아

4분단 맨 뒷자리에 혼자 앉아 있는 김희아를 처음 본 순간 나는 너무나 놀랐다. 스크린이나 꿈이 아닌 현실 세계에서 그렇게 생긴 여자아이를 본 것은 처음이었기 때문이다. 창백한 작은 얼굴에는 아름다운 눈, 코, 입만 있었다. 보통 사람들의 얼굴에는 결코 눈 코 입만 있지 않다. 여드름, 점, 땀구멍, 색소 침착 등 다양한 못된 것들이 좌라락…… 진열돼 있다. 하지만 희아의 얼굴엔 그런 쓸데없는 요소가 전혀 없었다. 알량한 '상상' 따위로 가능할 것 같지 않을 정도로 아름다운 이목구비, 그리고 매끈하고 고운 눈썹만 있었다. 특히 시원하게 옆으로 길면서 큰 쌍꺼풀이 자연스럽게 져 있는 그 두 눈은 계속 보고 있기가 힘들 만큼 아름다웠다. 이런 외모는 인간의 상상력으로 가능한 게 아니다. 신적인 상상력이 필요한 것이다. 그렇게 생각하는 게 분명히 나 하나일 리 없다는 확신이 드는 압도적인 아름다움이었다. 물 흐르듯이 자연스러운, 마치 감동적인 노래 같은 외모라는 것이 가능하구나.

저런 외모로 산다는 건 어떤 느낌일까. 저런 외모로 길거리를 걸으면 어떤 기분이 느껴질까. 너무나 뛰어나게 아름다운 사람은 주위 사람들에게 질투심조차 유발하지 않는다. 과연 우리 반 여학생들은 희아를 질투하지 않았다. 질투라는 것은 기본적으로 어느 정도 클래스가 비슷하다고 여길 때 일어나는 법이다. 희아가 반 아이들과 어울리지 못한 것은 아이들이 그녀를 따돌려서가 아니었다. 뭐랄까. 물과 기름이 화학적인 성질 자체 때문에 섞일 수가 없는 것과 같은 이치라고나 할까.

교사마다 담임으로서 중요하게 생각하는 것에 차이가 있을 것이다. 근태를 가장 중시하기도 하고 청소 등 위생 상태를 매우 중시하는 교사도 있다. 불의나 불평등에 아주 민감해서 아주 작은 부분에 이르기까지 평등을 실현하고자 애쓰는 분도 있다.

내가 개인적으로 가장 중요하게 생각하는 것은 '왕따 없는 교실'이다. 불의가 있더라도 자기 생각을 털어놓을 친구가 한 명만 있으면 어떻게든 견딜 수 있다. 교실이 더러워서 호흡기 질환에 걸리더라도 그것 때문에 사람이 죽을 생각을 하지는 않는다. 심지어 폭력보다 무서운 게 소리 없는 왕따라고 생각한다. 두려움보다 인간을 더 우울하게 하고 죽고 싶게 만드는 것은 극심한 외로움이 아닐까.

따라서 희아가 점심을 혼자 먹고 어중간한 시간이 생길 때마다 혼자서 무료한 듯 휴대폰만 하염없이 보는 장면은 나를 말할 수 없이 불편하게 만들었다. 내가 어떻게 해야 이 아이가 반 친구들과 어울릴 수 있을까.

그것은 불가능해 보였다.
그리고 희아도 그것을 아는 것 같았다.
당시 우리 반 아이들은 동화 『미운 오리 새끼』에서 못된 아기 오리들이 아기 백조에게 하듯 희아를 괴롭히는 짓 따위는 하지 않았다. 오밀조밀한 아이들이 많았던 그해 우리 반 아이들은 그냥 저냥 비슷비슷한 아이들끼리 삼삼오오 모여서 오종종 노는 스타일이었다. 희아는 따돌림을 당한다기보다는 존재 자체가 희귀했으며 그래서 하루가 길었던 것이다. 게다가 평범한 인문계 고등학교에서 혼자 첼로를 전공하고 있었으니 아이들에게는 더욱 이질적으로 느껴졌을 것이며 희아 입장에서도 아이들과 동화되고 싶지 않았을지 모른다. 군계일학 외모의 소유자였지만 희아는 '자기가 예쁘다는 것을 의식하는 미녀'는 아니었다. 태어나서 거울을 한 번도 본 적이 없는 여신과 같은 태도는 희아의 아름다움과 신비로움을 더욱 극대화시켰다. 그녀는 마치 자신의 아름다움에 관심이 없는 사람처럼 보였다. 물론 십대 후반의 멋진 외모의 소유자인 소녀가 그럴 리는 없겠지만. 그녀는 고독해 보였고 조금 지쳐 보이기도 했지만 외로움에 허덕이거나 애정 결핍 상태의 날카로움을 전혀 보이지 않았다.

하루는 희아가 내게 외출증을 끊으러 왔다.
특유의 차분하면서 촉촉하게 물기를 머금은 목소리로 말했다.

– 선생님 외출증 좀 끊어 주실래요? 저 탐폰 사러 가야 돼서요.

탐폰이라.

내가 희아를 반 아이들과 융화시키려고 노력하는 게 부질없다는 확신을 굳힌 건 바로 그 말 때문이 아니었을까. 다급하게 혹은 소란스럽게 "선생님 저 생리 터져서요!", "생리대가 없어서요……." 뭐 이런 식으로 말하는 여학생과 다르다. 이렇게 담담하고 품위 있는 목소리로 "탐폰 사러 가야 돼서."라고 말하는 여학생은 보통의 여학생들과 혹시 DNA 기본 구조가 다른 게 아닐까. 잠시 그런 망상에 사로잡혔다. 생리대를 쓰건 탐폰을 쓰건 그게 중요한 건 물론 아니다. 그런데 언어로 옮길 수가 없는 묘한 어떤 것을 나는 느꼈다. 아. 이 아이는 보통의 존재들과 손쉽게 섞일 수 없겠구나. 아니. 섞이는 게 꼭 좋지만은 않겠구나. 그런 생각이 들었다. 교직 생활 중 내가 유일하게 그런 생각을 한 대상이었다. 친구 좀 없으면 어때. 억지로 친구 만든다고 좋아지기는커녕 안 좋아져. 이렇게 생각한 대상.

희아는 다행히 그해를 넘겼고 무탈하게 졸업도 했다. 졸업식날엔 나를 찾아와서 그 비현실적인 이목구비에 가득 여신 같은 미소를 지어 보였다. 희아는 지금 어떤 사람이 되어 있을까. 평범함에 동화되려고 노력하는 대신 자신의 분위기와 외모가 재능이 되는 그런 분야에 몸담아 독특한 자신만의 뭔가를 발견하는 삶을 살고 있지 않을까.

바람 속 먼지 같은
박진우

그때 나는 한창 기타에 빠져 있었다. 박진우의 담임을 했던 때 말이다. 우리 반 학생들에겐 미안한 일이지만 나는 학교의 여러 가지에 지쳐 있었다.

어느 날 문득 하늘색 쓰레기통에 눈길이 갔다. 모든 교사에게 하나씩 배부되어 교무실 책상마다 놓여 있는 그것의 모습에 두 다리의 힘이 풀렸다. 그러더니 그 노곤한 기분은 주체할 수 없이 확산되었다. 지나치게 가벼운 하늘색 쓰레기통들은 심각하게 교권을 침해하고 있었다. 막돼먹은 학생이나 이상한 학부모가 교권을 침해하는 것이 아니었다. 그 무엇도 아닌 바로 이 막돼먹은 하늘색 쓰레기통들이 교권을 침해한다는 사실을 이제야 깨닫다니! 그밖에도 조화나 아름다움이라고는 전혀 고려하지 않은 학교의 풍경들이 하나씩 나를 공격했다. 너무 갑자기 공격하는 바람에 숨 쉬기도 힘들 정도였다. 세면대 위에 부끄러움 없이 드러나 있는 배관들, 모든 걸 후줄근하게 보이게 하는 낮은 조도, 울퉁불퉁하게 훼손된 교실의 마룻바닥 등등.

교직에 들어온 지 10년은 후련하게 지났다. 그럼 익숙해질 때가 되었음에도 오히려 그것은 어느 날 나를 자연재해처럼 덮쳤다. 이젠 참을 수 없다는 느낌.

하늘색의 그 물건이 어느 날 갑자기 나를 공격했던 것처럼 기타도 갑자기 내게 와락 안기더니 일상을 잠식했다. 기타의 모든 것이 좋았다. 기타의 곡선은 보고만 있어도 황홀하게 아름다웠고 안고 있으면 더할 나위 없이 기분이 좋았다. 배운 지 20년 가까이 지났기 때문에 기본적인 음계부터 다시 익히고 몇 달이 지나서야 〈등대지기〉 같은 기초 곡을 배웠다. 그래도 이 사실을 온 세상에 전파하고 싶을 정도로 즐거웠다. 얼마나 즐거웠는지 출근해서 보는 하늘색 쓰레기통도 더는 신경 쓰이지 않았다. 정성하, 김종걸, 타나카 아키히로, 래리 칼튼 등의 공연을 보러 다니고 기타 연주를 한다는 사람들과 직접적으로 간접적으로 이야기를 나눴다. 기타를 좋아한다는 사람이면 무조건 호감이 갔다. 따라서 박진우에게 내가 호감을 느낀 것은 당연한 일이었다. 진우에게 특별히 관심을 기울이게 된 게 그 아이가 기타를 좋아하며 〈Black Bird〉, 〈Etude of the Sun〉, 〈Dust in the wind〉 같은 기타의 명곡을 유려하게 연주하기 때문만은 아니었지만 그것이 큰 동기였던 것은 분명하다.

고2의 나이에 이미 상당히 숙련된 기타 연주 실력을 갖추고 있을 뿐 아니라 자작도 하는 진우는 그 자체로 이미 완성된 사람 같았다. 진우는 가끔 홍대 앞에서 여러 사람과 함께 콘서트를 했는데 거기 가서 보니 이 아이에게 학교 공부란 크게 의미가 없겠구나 하는 생각마저 들었다. 하지만 진우는 수업 시간에도 꽤나 진지하게 참여했고 특히 국어 과목이나 사회 과목에 관심이 깊었다. 나는 마치 입버릇처럼 학생들에게 국영수 중 한 과목과 사탐 중 한 과목은 꼭 점수를 높여 놓아야 입시 때 웃을 수 있느니 뭐니 하고 떠들었다. 하지만 고백한다. 당시 난 말은 그렇게 하면서도 속으로는 그게 다 뭘까 싶었다. 지금 당장 행복한 진우 같은 학생이 되는 것을 목표로 해야 되지 않나.

하지만 얼마 지나지 않아 내가 진우에 대해 지니고 있던 생각은 하나의 이미지에 불과하다는 것이 드러났다. 진우가 기타를 치는 멋진 학생이 아니었다면 훨씬 더 일찍 알아차렸을지도 모른다. 나는 설마 진우가 그런 짓을 할 것이라고는 생각하기 힘들었던 것이다.

"선생님, 저희 반에 도둑질하는 애가 있는 것 같아요."

반장이 그런 말을 전했을 때 이거 귀찮은 일이 발생했군, 하고 생각했다. 보통은 뭐 큰 게 없어지면 "선생님 저 휴대폰 분실했어요" 이런 식으로 제보가 들어온다. '도둑질하는 애가 있다'는 형식의 제보는 특정인의 값비싼 물건보다는 인지하기 어려운 액수의 현금이나 사소한 물건이 지속적으로 없어진다는 것을 암시했다. 과연 그런 일상적 도둑질이 일어나고 있었다. 절도란 참 밝혀내기 힘든 사안이다. 아주 명확한 물증이 있거나 현장을 목격한 게 아니라면 미결로 남는 경우가 많다.

만 원 이상의 티 나는 돈이 없어지거나 나이키 운동화, 휴대폰 같은 물건이 없어지는 것이 아니라 오백 원, 천 원짜리 한 장, 심지어 때로는 쓰다 만 지우개 같은 것이 없어졌기 때문에 처음에는 아무도 몰랐다고 한다. 하지만 한 학기가 지나고 아이들끼리 이런저런 얘기를 하던 중 비슷한 경험을 했다는 사실을 인지한 것이다. 그 후로 주의를 기울여 살펴보니 주로 체육 시간이나 학급 이동이 있는 때, 점심시간이 지나고 나면 그런 일이 일어났다고 한다.

박진우가 신입생의 교복 재킷을 훔치지 않았더라면 아마 끝까지 그가 절도범이라는 사실을 알 수 없었을지도 모른다. 전학 온 지 얼마 안 되는 1학년 학생의 새 재킷이 체육 시간 뒤 없어졌을 때 형사급의 집요함과 예리함으로 무장한 신영회 선생님이 없었더라면 우린 끝까지 몰랐을 것이다. 신입생 교복 재킷이 없어진 것을 무슨 수로 알아낼 수 있을까. 게다가 그때는 2학기 중간고사 시험 문제 출제 기간으로 전 교사가 문제 출제와 협의 때문에 정신이 없는 시즌이었다.

신영회 선생님은 불의를 보면 참지 못하는 성격이었다. 집안 형편이 어려워 겨우 교복 재킷을 장만한 본인 반 학생이 재킷을 도둑맞자 온 학교를 뒤지고 다녔다. 그가 절도범을 찾은 방법은 대단했다. 그는 선생님들이 "지나치십니다." 하는 말에도 아랑곳하지 않고 2학년 남학생 반을 급습하여 재킷을 잠깐 벗어 보게 했다. 본인 반 학생이 사는 아파트 동호수가 적힌 세탁소 태그가 우리 반 박진우의 재킷에서 나왔을 때 우리는 두 눈이 휘둥그레지고 말았다. 게다가 그 학교에서 4년째 근무 중이었던 나도 몰랐던 사실인데, 신영회 선생님 말씀에 따르면 1학년 재킷과 2학년 재킷의 안감은 미묘하게 다르다고 한다. 어쨌든 박진우가 범인인 것은 확인했다.

훤칠하게 큰 키에 신뢰를 주는 눈빛을 지닌 박진우, 진중하게 기타를 사랑하는 박진우, 수업 시간에도 집중하며 가끔 의미심장한 질문을 던지곤 했던 박진우가 절도범이라는 것을 나는 믿고 싶지가 않았다. 하지만 그것은 만천하에 명명백백해졌고 본인도 인정을 했다. 보통은 절도범이 잡히면 "휴대폰이 탐나서 훔쳤구만.", "훔친 돈으로 뭘 했을까? 게임기 샀을까? 여친한테 비싼 선물했을까?" 이런 반응이 나온다. 즉, 절도 학생이 훔친 것으로 '무엇을 했을까'를 궁금해한다. 하지만 박진우의 경우는 달랐다. 우린 모두 그가 대체 '왜 훔쳤을까'가 궁금했다.

그럴 수밖에 없었던 것이 그는 누구보다 부유한 집에서 부모님의 관심과 지지를 한 몸에 받으며 자란 '도련님'이었기 때문이다. 성형외과 의사이자 이름만 들으면 알 만한 종합병원장인 아버지, 그리고 마치 그 남자의 화려한 트로피 같은 아름다운 어머니를 둔 진우의 별명은 '도련님'이었다. 이런 진우네 가족에게는 높은 빌딩이 드리우는 긴 그림자처럼 정신지체자인 맏아들이 있었다. 진우보다 다섯 살 많은 그는 당시 이모와 함께 미국에 거주하며 여러 가지 치료를 받고 있는 중이었다.

진우 어머니께서는 죄책감과 우울감을 이겨 내기 위해서 학교에 자주 드나드셨고 나와 자주 연락을 취하고 싶어 하셨다. 진우는 공부를 못 하는 편은 아니었지만 그렇다고 눈에 띄게 공부를 잘하거나, 잘할 의지가 있는 학생도 아니었다. 이에 대해 진우의 아버지는 매우 못마땅하게 생각했지만 어머니께서는 전혀 문제 삼지 않으셨다.

처음엔 진우 어머니께서 자꾸 학교에 드나드시는 이유가 진우를 좀 더 상위권 대학에 진학시키기 위해 공을 들이는 것이라고 생각했다. 하지만 그건 아니었다. 진우 어머니는 순수하게 나와 대화를 하고 싶어 하는 것 같았다. 처음엔 마치 친구라도 되는 양 카톡으로 늦은 밤에도 말을 걸어오는 것이 부담스럽기도 하고 때론 불쾌하기까지 했다. 그런데 시간이 갈수록 이분의 상한 영혼이 개인적으로 다가왔고 취향이나 정서적인 면에서 공감대를 느끼기도 했다. 그렇다고 해서 요즘 같은 사회 분위기에서 교사가 학부모를 개인적으로 만나고 어떤 사적인 친분 관계를 형성한다는 것은 안 될 일이다.

진우가 유복한 환경에서 남부러울 것 없는 생활을 하고 있다고 생각했다. 하지만 진우 어머니가 어떤 분인지를 겪으면서 진우는 부모의 관심을 한 몸에 받는 아이가 아니라 그 반대라는 점을

알게 됐다. 진우의 어머니도 아버지도 자식에게는 큰 의미를 두지 않는 분이었다. 어떤 부모가 자식을 신경 쓰지 않을 수 있을까마는 사람에 따라 분명한 성향 차이는 있다. 그리고 자식은 그것을 매의 눈으로 세밀한 부분까지 알아채고 느끼게 마련이다. 나중에, 아주 나중에 진우와 이때의 일을 이야기하게 되었다.

"글쎄요…… 저는 그냥 제가 살아 있다는 느낌을 받고 싶었던 것 같아요. 뭘 하기 위해서 신경 쓰고 그런 적이 없었거든요. 애들 물건이 필요해서 훔친 건 아니에요. 또 처음엔 그 아이에게도 꼭 필요하진 않을 것 같은 걸 주로 훔쳤어요. 뭐 큰 동기 같은 건 없었어요. 어렸을 때 이런 적은 없었어요."

진우는 고3이 되던 때 우리 학교를 자퇴하고 말았다. 여러 가지 이유가 있었겠지만 진우의 절도가 날이 갈수록 대범해졌고 더 이상 우리 학교의 구성원들이 참아 줄 수 있는 수준을 넘어섰기 때문이었다. 진우는 자퇴를 했지만 마치 여행가는 기분으로 유학을 준비했다. 형이 있는 곳 근처로 가기 때문에 기대된다고 했다.

내가 기억하는 진우의 마지막 절도 대상은 아주 놀라웠다. 바로 담임인 나의 빨간색 만년필이었기 때문이다. 나는 하늘색 쓰레기통에 1인 시위를 하는 기분으로 심플하고 깜찍한 라미 만년필을 사서 들고 다녔다. 아무거나 손에 잡히는 대로 출석부에 출결 체크를 하고 조퇴증을 써 주던 나로서는 일상의 혁명이었다. 하늘색 쓰레기통이 내 숨통을 조여 올 때 나는 가볍고 유쾌하고 아름답기까지 한 라미를 보면서 조금 숨을 돌릴 수 있었다.

진우가 빨간색 라미 만년필을 들고 필기하기 시작한 것은 내 만년필이 갑자기 없어진 바로 다음 날이었다. 진우는 깜짝 놀란 나를 보고 의미심장한 미소를 짓기까지 했다.

사람이란 참 알 수 없는 것이다. 인간관계라는 것도 그렇다. 뭔가에 사로잡힌 사람은 물렁물렁해지게 돼 있고 당하기 쉽고 상처입기 쉬운 것이다. 나는 기타에 사로잡혀 있었고 온갖 추악한 학교 비품들의 공격을 받고 있었다. 나는 기타 연주를 잘하는 멋진 박진우를 좋은 학생이라고 착각했으며 그 아이에게서 엽기적인 배신을 당했다. 무엇을 심각하게 착각할 만큼 좋아하고 맹

목적으로 뭔가에 빠지는 일은 과연 좋은 일일까. 그것은 좋고 나쁘고를 떠나서 선택할 수 없는 불가피함이라는 생각이 든다. 무엇에도 흔들리지 않는 뻔뻔함으로 무장하고서 나를 공격하는 하늘색 쓰레기통에 나는 저항했다. 저항한다고는 해도 그 뻔뻔함을 털끝 하나라도 무너뜨릴 수 없는 마음이었다.

결국 나는 기타를 끝까지 배우지도 못했을 뿐 아니라 바보 같은 착각에 빠져 지냈다. 하지만 나는 여전히 기타 음악을 사랑하고 가끔 〈Dust in the wind〉를 튕겨 보면서 박진우를 생각한다. 학교의 어떤 것에도, 어떤 친구에게도 머무르지 못하던 그가 그 곡을 그렇게 멋지게 잘 칠 수 있었던 이유는 무엇일까. 세상에 뿌리내리지 못한다는 생각이 드는 날엔 나도 이 곡이 조금 더 손과 귀에 잘 감기는 것 같다.

교실로 짜장면을 배달시킨 안정문

내가 그를 처음 인식한 건 꽤 일찍이었다. 학기 초에 교사는 정신이 없게 마련이고 학급에 들어서면 웬만해서는 다 그놈이 그놈으로 보인다. 하나의 집단, 덩어리로 인식되는데 그중에도 하나의 개성을 지닌 인간으로 각인되는 경우, 그 학생은 복불복이다. 즉, 매우 뛰어난 학생이거나 그 반대란 소리다.

안정문은 후자였다. 발그레하게 상기된 희고 작은 얼굴에 작고 까맣게 빛나는 눈동자에는 '언제 일을 한번 만들어 볼까?' 하는 장난기가 좔좔 흘렀다. 놈의 귀여운 얼굴 때문에 자주 사고를 치는데도 그 일이 크게 부각되기보다는 '에잇, 장난꾸러기' 하는 정도의 느낌으로 그쳤다. 고백컨대, 나는 학생의 외모에 꽤 영향을 받는 편이다.

녀석은 ADHD임에 틀림없었다. 따로 검사 결과를 듣는 수고로움이 필요 없었다. 뭔가 가치 있는 일에 집중하는 것이 불가능한 병리 현상이 있다면 바로 그것의 가장 좋은 사례가 안정문이었다. 이론이나 학술적인 각주가 불필요했다. 그 녀석은 주의력 결핍을 온몸으로 구현하고 있었다. 하지만 나는 희한하게도 안정문이 밉지가 않았다.

학생 중에 '괜히 미운 학생'이 있는 반면, '괜히 정이 가는 학생'이 있다. 다른 교사들도 그러한지는 모르겠다. (아마 인간이니까 비슷하지 않을까 싶지만 내가 워낙 학교의 주류 감성에 적응 못 할 때가 많아서 확신할 수는 없다.) 교사와 학생 사이에도 '궁합'이라는 것이 있다고 나는 생각한다. 거의 모든 교사에게 욕을 얻어먹는 놈이지만 내 눈엔 '안쓰러운 녀석'이 있고 반대로 거의 모든 교사가 입에 침이 마르게 칭찬을 하지만 나한테는 '왠지 모르게 싫은 녀석'이 있다. 안정문은 내 눈에 삼삼한 놈이었다. 분명 1년 내내 물의를 일으키는 놈이고, '머리는 장식'이라는 잔인하면서도 코믹한 수사가 어울릴 법한 녀석이었지만 나는 왠지 놈의 지나치게 작은 머리통과 반짝이는 귀여운 눈동자, 세상모르게 좋은 피부, 주름 하나 없이 판판할 것만 같은 그의 둥근 뇌 등을 떠올리자면 잠시 인생의 무거움을 벗어놓는 듯한 기분이 들었다. 참, 저렇게 사는 놈도 있구나. 인생을 진지하게만 살 필요가 꼭 있는 것일까 하는 생각이 들었다. 물론 교사로서 온당하거나 자연스러운 사고의 흐름은 아니다.

내가 안정문을 죽을 때까지 잊을 수 없는 일이 일어났다. 한 해의 끄트머리로 기말고사마저 끝났을 때였다. 수업이 끝나갈 무렵 뒷문에서 노크 소리가 들렸다. 노크를 한 장본인은 놀랍게도 중국집 배달원이었다. 교실의 누군가가 짜장면과 탕수육을 시킨 것이었다.

– 나와. 누구야. 누가 주동이야.

안정문이 나왔다. 그 와중에도 놈은 "선생님, 잠깐만요." 하며 꾸물댔다.

– 뭐야. 당장 나와.

– 아네네네네…… 자, 잠깐, 아주 잠깐만요.

홍콩반점

놈에게 반드시 필요했던 '잠깐'은 차디찬 복도에서 식을 짜장면과 탕수육의 체온을 유지해 줄 담요를 급구하는 데에 쓰였다. 놈은 담요로 정성스레 배달 음식을 덮고는 태연스레 나의 얼굴을 쳐다보았다.

이쯤 되면 화가 나야 정상인데 놈의 해맑은 얼굴에 드리워진 한 줄기 짜장면 면발 같은 수심을 보고 있자니 웃음이 나왔다. 교사는 화가 나는데도 참아야 하는 직업인 동시에 이와 같이 화가 전혀 안 나는데도 필요에 따라 화를 내기도 해야 하는 직업이다. 나는 간신히 웃음을 참으며 놈에게 뭐시기 뭐시기 해댔다.

안정문은 지금쯤 무엇을 하고 있을까.
그날 짜장면과 탕수육이 너무 많이 식지는 않았을까.

따뜻하게 안아 주었던 박아름

아름이에 대한 것은 딱 한 장면만 기억에 남아 있다. 그날 2교시 직후쯤에 아름이가 교무실 내 자리로 왔다. 아름이는 지금도 눈에 선한, 탐스러운 갈색 생머리에 쌍꺼풀 없는 기다란 아이라인을 지닌 소녀다. 큰 키에 건강한 혈색이 도는 얼굴을 한 구릿빛 피부의 아름이가 그날만은 창백해 보였다.

"선생님, 저요…… 저……. 조퇴하고 싶어요. 저 몸살인 거 같아요."

신기하게도 나는 아름이의 말투, 표정, 시선의 미묘함을 통해 아름이가 몸살이 아니라 다른 문제가 있다고 느꼈다. 그래서 "아름아, 너…… 몸이 아픈 게 아니지?"라고 대뜸 물었다. 아름이는 움찔하며 나를 쳐다보았다. 그 짧지만 확고한 순간에 나는 나의 직감이 맞았음을 확신할 수 있었다. 흔들리는 아름이의 눈빛. "선생님……." 나는 아름이의 손을 잡아 주었다. 나는 평소 수족냉증인데 그날만은 희한하게도 내 손이 아름이보다 훨씬 따뜻해서 감싸 주는 보람이 있었다.

아름이는 앉은 자리에서 눈물을 뚝뚝 흘렸다. "뭐니…… 말해봐…… 선생님이 들어줄게……." 아름이의 고민은 친구 문제였다. 아름이의 얘기를 들어준 뒤 "아름아…… 이건 좀 반칙일 수도 있지만 그렇게 마음이 안 좋은 것도 아픈 거니까 샘이 특별히 조퇴시켜 줄게. 마음이 좀 가라앉으면 다시 와라." 이렇게 말하고 나는 조퇴를 허락했다.

정말 이상한 건 아름이와 나눈 그 대화, 그 순간, 그 장면은 바로 어제 일처럼 생생한데 그 외에 아름이에 대한 것은 전혀 기억이 나지 않는다는 점이다. 아름이가 내향적이고 예의 바른 학생이었다는 것 정도 외에는 아름이에 대한 것이 하나도 기억이 나지 않는다. 하지만 그 순간만은 뚜렷이 기억이 난다. 친구 문제로 힘들어하는 여학생은 이전에도 이후에도 많았다. 하지만 나는 그 순간의 아름이에게 각별하게 마음이 아파 왔던 것이다. 그 이유가 무엇인지는 모르겠다. 아름이가 우등생이었거나 학급 임원이었거나 그게 아니었더라도 내가 특별히 마음에 두고 있던 제자였다면 모르겠지만 지금은 자세한 것이 잘 기억나지도 않는 그런 학생이었다. 나는 그 일 이후 과학적으로, 이성적으로는 설명할 수 없는 어떤 것이 있다는 생각을 갖게 되었다. 비록 나는 무신론자이지만.

그 뒤로 황당한 일을 겪었다. 겨울 방학이어서 나는 집에서 느슨한 원피스를 입고 나태하게 낮잠을 자고 있던 중이었다. 초인종이 다급하게 울리기에 나가 보니 중년 여성이 웬 네댓 살쯤 되어 보이는 깜찍하게 생긴 여자아이를 앞세우고 있었다. 어린아이가 엘리베이터에서 울며 혼자 있기에 집을 찾아 주고 싶어 물었더니 집이 7층이라고 했다는 것이다. 그래서 우리 집을 눌렀다고 했다. "이 아이의 집이 아닙니다. 어쩌죠?"라고 했는데 그 중년 여자는 자기는 지금 긴급히 볼일이 있어서 더 이상 이 아이를 데리고 있을 수 없으니 그럼 좀 집을 찾아 줬으면 한다고 하더니 황급히 사라졌다.

나는 정신이 번쩍 들어서 일단 아이를 집 안에 들였다. 멀뚱멀뚱……. 그 당시 나는 아이가 없었고 아이에 대해서는 아무런 정보와 관심이 없던 딩크족이었다. 하지만 아이가 너무 가여워서 뭔가를 해 줘야 할 것 같았다. 아이는 겁에 질린 커다란 눈으로 나를 보면서 울먹였다. "음……. 있잖아. 일단 소파에 가서 앉을까." 아이는 순순히 소파에 가서 앉았다. 아…… 그 다음 뭘 하지. 그래 일단 따뜻한 걸 주자. 유자차가 있지. 유자차를 타서 마침 귀여운 에스프레소 잔이 있어 거기에 따라 주었더니 아이는 조금씩 마셨다.

음…… 이렇게 작은 아이니까 장난감이 있으면 좋을 거야. 나는 생각했다. 하지만 아이가 있는 집이 아니니 장난감은 없었고…… 스타워즈 덕후인 내가 거금을 들여 산 실물에 가까운 요다 피규어가 있었다! 그 피규어는 손을 누르면 정말 살아 있는 생명체처럼 조금씩 눈동자와 눈꺼풀이 움직이며 말을 하도록 세팅되어 있는 나의 완소 장난감이었다. 그래, 이거 신기해하겠지.

아이에게 요다를 선보였다. 그런데 아이는 무섭다면서 유자차로 인해 그나마 조금 긴장이 풀어졌던 상태에서 다시 초긴장과 스트레스 상태로 되돌아가고 말았다. 어쩌지……. 공포에 질려 떠는 아이를 보며 나는 얼른 요다를 집어넣었고 아이가 너무 가여워서 그냥 꽉 안아 주었다. 그랬더니 신기하게도 울음을 그쳤다. 아이가 공포에 질려 떠는 미세한 떨림이 감지되었는데 이내 곧 잦아들었다. 관리사무소에 미아 방송을 의뢰했고 약 1시간 후에 아이 엄마가 우리 집 초인종을 눌렀다. 자초지종을 들어 보니 아이가 잠들어서 잠깐 한의원에 들렀는데 그사이 아이가 깨서 현관문을 열고 나온 것이었다.

이상하게 들릴지 모르지만 이 두 번의 경험 이후 나는 스킨십의 새로운 영역에 들어서게 되었던 것 같다. 나는 장녀이기 때문에 유년기에 부모님이 충분히 안아 준 편은 아니었다. (모든 장녀들에게 연민을!) 게다가 무뚝뚝한 한국 문화에 푹 절여져 살아온 사

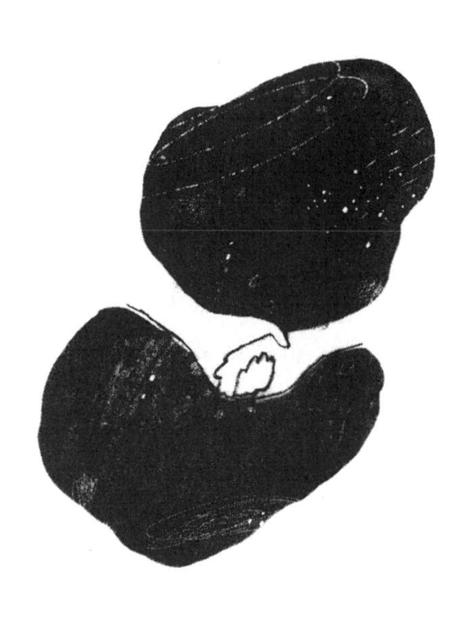

람이다. 그 결과 스킨십이 일상적이거나 자연스러운 편이라고는 전혀 할 수 없는 쪽이다. 그런데 이 두 번의 경험 이후 나는 갑자기 스킨십이 자연스러워졌다.

몇 년 뒤에 우리 반 학생이 부친상을 당했다. 병원에 가서 아이를 봤을 때 나는 거의 본능적으로 달려가 아이를 힘껏 안아 주었다. 말은 안 했지만 아이와 나는 그 포옹에서 큰 위안을 얻었다. 그 순간 나는 정말 놀랐다. 그런데 그 이후로도 나의 그러한 경향은 계속되었다. 급기야 이번 종업식 때에는 우리 반 학생 몇 명이 나에게 달려 나와 "선생님!" 하면서 안겼다. 이제 나는 포옹을 유발하는 경지에 이른 것이다!

우리는 모두 스킨십에 목말라 있는 게 아닐까.
닥치고 포옹.
그냥 손잡아 주기.
그런 것 말이다.
구구절절 논리적으로 설명하고 위로하고 핑계대고
그런 거 말고

그냥 고개 끄덕여 주고 손잡아 주고 꽉 안아 주는 것.

그런 것이 우리 삶에 몇 퍼센트나 될까.

우리는 모두 손잡고 고즈넉하게 있고 싶다.

가만히 혹은 격하게 끌어안고 싶다.

누가 그냥 내 손을 따뜻하고 담백하게 잡아 주면 좋겠다.

가끔은 확 끌어안아 주면 좋겠다.

아름이는 어떻게 지내고 있을까. 거의 10년 전이었으니 이젠 아리따운 아가씨가 되어 있겠다. 이젠 이십대이니 친구 때문에 속상하다고 해도 그렇게 눈물을 뚝뚝 흘릴 일은 없을지도 모르겠구나. 이젠 남자 친구 문제로 고민이 많으려나?

아름아, 잘 지내니.

마른 나뭇가지 같던 우재건

우재건을 처음 봤을 때부터 불안했다. 불안해도 너무 불안했다. 눈에 확 띌 정도의 저체중, 초점 없이 흔들리는 눈, 기어 들어가는 자신감 없는 목소리, 작은 키 등 우재건의 외양은 초짜 교사인 내가 보기에도 '남자애들 사이에서 어울리기 힘들겠다'는 직감을 불러일으켰다. 그 예감대로 우재건은 극외향적이었던 우리 반 남학생들 무리와 통 어울리지 못했다.

테스토스테론 그 자체와도 같은 우리 반 남학생들은 쉬는 시간 10분도 아까워서 운동장으로 달려 나가 공을 차는 아이들이었다. 남학생들이라고 다 그렇진 않지만 우리 반 아이들은 그야말로 상남자놈들이었다. 한 번 웃을 때에도 "으하하하" 하면서 과도하게 웃어 젖혔으며 희로애락의 표현이 분명했다. 내가 가장 견디기 힘든 것은 점심시간에 교실에 올라갔을 때 보게 되는 풍경이었다. 남학생들 대부분이 운동장에 나가고 없고 여학생들만 가득한 교실 한가운데에서 밥을 다 먹고 할 일이 없고 어울릴 무리도 없는 우재건이 팔 사이에 얼굴을 파묻고 책상에 엎드려 자는 장면이었다.

아마 자고 있진 않았을지도 모른다. 그 상황에서 태평하게 잠을 잘 만큼 둔한 아이는 아닌 것 같았다. 남한에서 찾아보기 어려울 정도로, 안타까울 지경으로 마른 체구의 우재건이 가느다란 팔에 머리를 묻고 마른 나뭇가지처럼 축 늘어져 있는 모습은 정말 보기가 힘들었다. 집단 따돌림은 재빨리 손을 쓰지 않으면 아무도 해결할 수가 없다. 우재건의 어머니께 전화를 드렸다. 다행히도 어머니께서는 아들의 그런 상황에 대해 잘 알고 계셨다. 중학교 때도 그랬으며 지금도 그럴 것이라고 예상은 하셨다고 했다. 우재건이 계속 이런 상태로 지내는 것에 대해 어떻게 생각하시는지 물었다. 아들은 매우 괴로워하고 있으며 어머니 역시 벗어날 수만 있다면 벗어나고 싶다고 하셨다.

아직 3월도 채 가지 않은 학기 초였기에 나는 실험을 해 보기로 했다. 이 무리 저 무리에 덜렁덜렁 잘 끼지만 심성이 착하며 생각은 단순해 보이는 놈을 셋 물색했다. '우리 반이 너무 떠든다'는 명분을 내세워 나는 반 전체 자리 배치를 다시 하겠다고 했다. 물론 우재건의 주변을 전부 그 '좋은 놈'들로 채우는 게 목적이었다. 나대거나 까칠하면서 머리 좋은 약삭빠른 놈들과는 되도록이면 멀리 떨어뜨렸다. 조금이라도 좋은 일, 가령 문제집이 생겨서 준다거나 초콜릿을 준다거나 하는 일에는 우재건을 끼워서 그 '좋은 놈'들을 같이 불렀다. 그것이 자연스러워 보이도록 내세울 구실을 만들어 내는 일은 바쁜 일과 중 성가시게 느껴지기도 했지만, 그때마다 우재건의 나뭇가지 같은 모습을 떠올렸다. 또한 우재건을 둘러싼 아이들이 뭔가를 잘못해서 크게 혼낼 일이 생기더라도 웬만하면 눈감아 주었다. 왜냐면 그 아이들과 등을 돌려서는 안 되기 때문이다. 5월까지만 참자.

고등학생 정도 되면 왕따 문제는 불치병과도 같아서 부모는 물론이고 교사도 바로잡기 힘들다. 시집 장가 보낸 성인 자녀가 부모 뜻대로 안 되는 것과 마찬가지이다. 하지만 놀라운 일이 벌어졌다. 내가 점찍은 '좋은 놈'들은 정말로 단순하고 심성 좋은 놈들이었다. 내가 우재건을 끼워 인위적으로 조성한 4인방이 믿기 어려울 정도로 심플하게 잘 어울리는 친구가 되어 버린 것이다. 한 달 정도 지났을까. 점심시간에 교실에 가 본 나는 기뻐서 눈물이 날 뻔했다. 우재건이 놈들을 뒤따라 의자를 박차고 운동장을 향해 나가는 것을 보았기 때문이다.

하지만 스스로에게 상을 주기엔 일렀다. 우리 반엔 왕따가 두 명 더 있었기 때문이다. 그중 한 명은 김해나였다. 김해나가 왕따가 된 이유는 전적으로 '태도'에 있었다. 김해나는 묘하게 상대방을 기분 상하게 하는 면모가 있었다. 그 기분 상하게 한다는 것이 대단한 피해를 주거나 참을 수 없는 모욕을 주는 것까지는 아니다. 하지만 마치 자신은 외부로부터의 자극에 어떤 상처도 받지 않는다는 식의 동그란 눈, 무엇이든 상대방에게 당당하게 요구하는 로열패밀리 같은 황당한 태도가 김해나를 빠른 시간 내에 내 머릿속에 각인시켰다. 곧 김해나가 왕따이며 김해나가 그렇게 바쁘게 복도를 걸어 다니는 것이 실은 아무 목적도 없이 점심시간을 혼자 때우기 위한 방편이라는 것도 알게 되었다. 지극히 소심했던 우재건과 달리 김해나는 늘 당당한 태도를 유지했고 대답도 씩씩하게 하는 편이었기에 이번에는 학부모와 전화를 하는 대신 먼저 김해나와 얘기를 해 보기로 했다.

상담 결과는 충격적이었다. 김해나는 자기에겐 친구는 필요 없다고 했다. 진심으로 친구는 귀찮을 뿐이라고 했다. 예를 들어 화장실을 같이 가 줘야 하는 것이 싫다고 했다. 내가 갈 때 같이 가 주는 친구가 있다면 나쁠 것 없겠지만 문제는 그런 친구를 두려면 자기도 그 친구가 화장실에 가고자 할 때 따라가 줘야 할 텐데, 그런 것은 인생의 너무나 큰 낭비로 느껴진다는 것이었다. 예상치 못했던 답변에 나는 잠시 흔들렸다. 그런가. 하긴 뭐 이 정도 생각이야 나 자신도 고등학생 때 늘 했던 것이 아닌가. 남이 보기엔 망측한 옷도 거금 들여 장만하여 즐겁게 입고 다니는 사람이 존재하는 것이 이 세상이니까. 김영하의 단편소설 「흡혈귀」에서 흡혈귀도 말하지 않았나. 모든 부부가 섹스를 해야 한다는 것은 편견이라고. 성관계를 원하지 않는 부부도 존재할 수 있다고. 그것을 인정해야 한다고. 모든 여학생이 삼삼오오 무리 지어 수다 떠는 일을 낙으로 삼는 건 아닐 수도 있다.

하지만 그대로 두고 보기에는 사태가 빠른 속도로 심각해졌다. 아이들은 김해나의 일거수일투족을 은밀히 따라하며 웃음거리로 만들었다. 담임인 내 수업 시간엔 자제하는 것 같았지만 무의식중에 튀어나오는 그런 분위기를 나는 느꼈다. 어머니께 전화를 걸었다. 어머니께서는 아이가 그런 것을 알고 계셨는데, 다행히 아이와 달리 그 상황이 심각하다고 여기셨다. 문제는 아버지라고 했다. 의사인 아버지는 자기 자신이 그런 청소년기를 보냈으며 딸이 그렇게 생각한다면 그 방식을 존중해 줄 필요가 있다는 입장이라는 것이다.

이것은 민감한 문제이다. 부모 중 한쪽과 아이 자신이 그 상태를 심각하게 여기지 않는데 내 판단만으로 아이를 도우려 하는 것은 꺼려졌다. 하지만 분명히 내가 보기에는 김해나가 정상적인 학교생활을 하고 있지도, 앞으로 할 수 있을 것 같지도 않아 보이는데 사태를 방관하는 것은 교사로서의 책무를 버리는 일인 것 같기도 했다. 발령받은 지 얼마 안 되는 그때, 나는 혼란스러웠다. 일전에 들은 장애 학생 지도에 관한 연수도 떠올랐다. 일반인은 섣불리 장애인들을 도우려고 하는데, 그것이 장애

인 당사자에게는 굉장한 모욕으로 느껴질 수도 있고 심각한 경우에는 오히려 피해를 줄 수도 있다는 내용이었다. 도움을 주고 싶을 때에는 반드시 "제가 도와드릴까요?"라고 묻고 상대방이 도움을 요청했을 때에 도움을 주어야 한다는 것이었다. 생각해 보니 당연한 것 같았다. 김해나를 도우려고 하는 나의 마음이 아무리 강하다 해도 그녀 자신이 불필요하다는데, 부모 중 한쪽도 그럴 것 없다고 하는데 내가 돕는다는 것은 너무 주제넘는 일로 여겨졌다.

결국 나는 김해나를 그대로 두고 지켜보았다. 학기 초에 봤던 그대로 1년 내내 김해나는 쉬는 시간, 점심시간마다 온 학교를 빠른 걸음으로 뭔가 바쁜 일이 있다는 듯한 태도로 배회했고 나는 그 외롭고도 기만적인 김해나의 행동을 지켜보기만 했다. 다행히 학년이 끝날 때까지 그 이상 아무 일도 일어나지 않았다. 김해나 케이스에서 나는 큰 것을 하나 배웠다. 교사의 도움을 필요로 하지 않는 학생과 학부모가 있다는 당연한 사실을 늘 인지해야겠구나 하는 것이었다.

우재건 케이스도 내게 큰 시사점을 주었다. 솔직히 우재건을 구제할 계획을 세우면서도 이건 너무 말도 안 된다고 생각했었다. 이것은 중학생 아니 초등학교 고학년 정도에서나 겨우 먹힐까 말까 한 방법이라고 생각하며 자신이 없었다. 하지만 학생들 간 화학 작용을 잘만 활용하면, 그리고 학기 초에 재빠르게 손을 쓴다면 고등학교에서도 왕따를 방지할 수 있다는 것을 몸소 체득했다. 어머니 말씀에 의하면 중학생 내내 마른 나뭇가지처럼 점심시간을 그렇게 보냈다던 우재건은 그 후로 1년 내내 건강하게 웃으며 운동장을 누볐다. 우재건은 지금 이십대 젊은이가 되어 있을 텐데 아마도 운동을 좋아하지 않을까.

올해는 고3 담임이다 보니 아이들을 바꿀 수 있는 한계가 명확하다. 8, 9월을 보내며 '교사 무용론'이 내 머릿속에서 부유했고 허무주의에 빠졌다. 그러던 중 과거 우재건에 대한 메모를 발견했다. 처참할 정도로 바보 같은 실수를 했을 때 우재건을 구제했던 경험은 꽤 강한 약발로 나를 일으켜 세우곤 했다. 오랜 시간이 지났는데도 그 메모를 보니 아직 약발이 남아 있다. 나는 적어도 한 학생의 불행은 막은 선생이다, 하는.

생리 조퇴하는
김애리

사람이 누굴 좋아하고 싫어하는 건 온전히 자기 멋대로인 법이다. 좋고 싫음은 선악이나 옳고 그름을 초월한 가장 원초적인 감정으로서 마땅히 존중받아야 하는 것이다. 하지만 이런 감정을 가지는 사람이 교사라면 이게 백 퍼센트 존중받기는 어렵다. 왜냐하면 교사는 자기 학생으로 들어온 자라면 일단은 그 학생을 도우려고 해야 하기 때문이다. 의사라면 아픈 사람이 찾아왔을 때 그 사람의 정치적 성향이나 신분이 무엇이건 치료를 해 주어야 하는 것과 마찬가지라고나 할까.

그래서 나는 김애리를 볼 때마다 죄책감을 느껴야만 했다. 어떤 학생이 그처럼 대놓고 싫은 적도, 그렇게 오랫동안 감정이 변하지 않고 유지되는 것도 처음이었다. 왜일까.

김애리는 학교의 거의 모든 규칙을 무시하면서도 다달이 생리 결석을 깨알같이 챙겼다. 깜짝 놀랄 만한 카리스마와 미모를 지녔지만, 지나치게 자신의 외모를 의식하고 있어 매력이 반감되었다. 공부를 안 하고 못했다.

그런데 그런 게 내가 김애리를 싫어한 이유일까. 그런 학생은 김애리 말고도 많은데. 그리고 그런 학생들 중엔 내가 각별히 관심을 기울이거나 특별히 소중하게 생각하는 경우도 있었는데. 딱히 김애리가 아니더라도 나는 아주 오래전부터 이 문제에 관심이 깊었다. 즉 누가 누구를 싫어하거나 좋아하게 되는 요인이 무엇일까 하는 것 말이다. 그간 여러 가설을 세워 보았지만 모두 얼마 가지 않아 반박 사례로 인해 무너지고 말았다.

사회 경제적 지위

외모

정치적 지향

가치관

종교

지역

학벌

심지어 나중엔 목소리 가설까지 세워 보았지만 그때마다 반박 사례가 등장했다. 결국 내가 깨달은 것은 그 모든 것도 아닌 육체적 성분, 그리고 그것에 의해 형성되는 기운만이 대상의 호불호를 결정짓는 요소라는 것이었다. 내가 말해 놓고도 기이하게 들린다. 하지만 어떤 사람을 좋아하고 싫어하는 데에는 결국 아무런 공통점이 없었다. 이유 없이 끌리는 사람이 있는가 하면 그를 싫어할 합리적 이유가 딱히 없는데도 희한하게 거부감이 느껴지는 사람이 있다. 분명 그렇다. 그렇다면 그건 바로 그 사람을 구성하는 물질을 내가 구성하는 물질들이 거부하기 때문이 아닐까.

어떤 사람은 그저 문을 열어젖히고 들어왔을 뿐인데도 나를 긴장하게 한다. 그 사람이 나를 공격하는 것도 아니고, 그 사람이 왜 싫으냐고 누가 묻는다면 이렇다 할 만하게 답할 것이 없는데도 심지어 그에 대해 아는 것이 거의 없는데 그런 경우도 있다. 왜 그런지 명쾌한 이유를 알 수 없다. 하지만 분명한 것은 그 사람과 같이 있는 것이 불편하거나 싫다는 것이다. 그건 바로 나의 세포들이 본능적으로 그 인간을 구성하고 있는 물질을 거부하는 것이라고밖에 설명할 도리가 없는 것이다.

이러한 다소 무책임하고 황당하게 들릴 수 있는 잠정 가설을 세운 뒤 나는 심리적으로 꽤나 안정되었다. 이 가설에 의하면 누가 싫다는 생각이 들 경우 죄책감을 느끼거나 그 상태를 벗어나기 위해 인위적인 악전고투를 할 필요가 전혀 없기 때문이다. 어떤 사람이 거부감이 든다. 그것은 정당하다. 뭔가 이유가 있는 것이다. 그 사람은 내게 뭔가 해악을 가할 것이다. 그 사람에게 거부감을 느끼고 그 사람이 싫은 것은 자연이다. nature인 것이다. 김애리의 담임이었을 때 나는 이런 가설에 푹 젖어 있었다. 그래서 김애리에 대한 알 수 없는 원초적 반감에 사로잡혔을 때 그것을 개선할 의지가 없었다. 개선하기보다는 그저 드러나지 않게 노력하자는 생각뿐이었다. 그런데 내가 어떤 학생을 싫어하는 이유가 확실한 경우도 있었다.

– 선생님. 저 생리가 터져서 팬티가 다 젖었어요. 생리 조퇴할 게요.

나는 그런 내용을 그런 식으로 또박또박 말하는 김애리 같은 여학생이 싫었다. 옆에 남자 선생님이 앉아 계시고 그 선생님이 들을 수도 있는데 애써 감출 것까지야 없더라도 여성만의 생리 현상을 그렇게 또박또박 UN에서 연설하듯이 말하는 여학생이 싫다. 사람들 다 있는 자리에서 파우치를 열어서 입을 쫙 벌리고 립스틱을 바르는 그런 여학생이 싫다. 자신의 모든 것을 대낮 흙바닥에 고추 말리듯이 죽 널어 말리는 것 같은 태도는 당당함이라기보다는 천박함으로 느껴졌다.

이런 나의 마음이 들킬까 봐 조마조마했다. 이런 마음이 들게 하는 학생들을 만난다. 무슨 말이냐면 '나의 학생'이라는 생각이 들기보다는 나로서는 이해하기 어렵고 이해하고 싶지도 않은 그런 세계의 사람, 그런 여자의 어린 시절을 보는 것 같은 느낌이 들게 하는 학생. 이 사람은 내가 어떻게 해도 변할 리 없으며 그 부분에서 나는 완전히 무력한데다가 나아가 그를 경멸하기까지 한다. 학생에게 이런 마음을 품는다는 것은 교사로서는 매우 불경한 일이다.

김애리는 내게 그런 존재였다. 나를 시험에 들게 했다. 조퇴증 하나 끊으러 와서도 그 동그란 아름다운 눈에서 레이저가 발사되는 것 같았다. 나는 김애리의 그 표독스럽고 공격적이고 단번에 모든 것을 이루려는 듯한 눈빛을 보는 것이 싫었다.

만약 그날 복도에서 그것을 보지 않았다면 나는 아마 김애리를 지금까지 기억하고 있지 않았을지도 모른다. '그날'이란 내가 공강 시간에 뭔가를 결재받기 위해 3층 교무실에서 교장실로 향하다가 잊을 수 없는 장면을 목격한 날이다.

학생들은 수업 중이어서 복도는 아무도 없이 고요했다. 각층으로 이어지는 복도 끝 쪽 철문은 언제나 그렇듯이 활짝 열려 있었다. 그런데 3층에서 2층으로 가는 문 중 오른쪽 철문이 이상

한 각도로 젖혀 있는 것이 눈에 들어왔다. 평소 같았으면 그냥 지나쳤을 텐데 그날 나는 심신이 평화로웠고 시간도 여유가 있어서 그쪽으로 가 보았다. 문 쪽으로 다가갈수록 인기척이 느껴지는 것 같아서 뭔가에 이끌리듯이 가다가 나는 얼어붙듯이 멈춰 서고 말았다.

키 큰 남학생과 그보다 약간 작지만 역시 여자치고는 상당히 큰 키의 여학생이 격정적인 키스를 하고 있었던 것이다. 그런 장면을 볼 수 있을 확률이 지구상에서 가장 낮은 시간과 장소였던지라 나는 충격과 전율로 인해 몸을 움직일 수조차 없었다. 남학생은 본능적으로 누가 자신들을 본다는 것을 알아차렸다. 내 쪽을 향하고 있었던 그의 눈과 내 눈이 마주친 순간 그들은 재빨리 복도 반대편으로 뛰어갔다. 남학생은 내가 가르치는 학생이 아니었지만 정신 차리고 봤을 때 그의 손을 잡고 뛰어가던 뒷모습은 김애리의 것임을 알 수 있었다.

나는 그 학생들과 관련된 이전의 과정들을 생각하며 교장실로 향했다. 각자의 반에서 수업 시간에 밖으로 나오기를 공모했겠지. 아무도 없는 복도에서 만나 사랑으로 가득 찬 눈빛을 교환했겠지. 은밀한 곳으로 갔겠지. 종교 시설 다음으로 금욕적인 곳인 학교에서 금지된 행동을 했겠지.

세상 어느 곳보다도 따분하고 뻔한 공간이라고 생각했던 학교라는 곳이 갑자기 역동적이고 은밀하고 낭만적이고 예측 불가능한 곳으로 느껴졌다. 당장 종례 시간에 김애리가 어떤 표정을 지을지가 궁금했다. 하지만 곧 김애리라면 뻔뻔함으로 철갑 무장을 한 생명체이니 뭐 별다를 것도 없을 것 같다는 생각이 들었다.

그런데 그렇지 않았다.

김애리는 그 사건 이후 달라졌다. 물론 크게 변한 것은 아니었지만 미묘하게 나를 대하는 태도에서 변화가 있었다. 그것만으로도 나는 김애리가 십대 청소년임을 확인할 수 있었고 김애리에 대해 내가 지녀 왔던 부정적인 느낌이 상당히 옅어졌다. 그렇다고 해서 찔러 피 한 방울 안 날 것 같은 차가운 무표정이 어디

가지는 않았다. 일명 '가짜 엄마 사건'도 그날 이후인 2학기에 발생했으니까 말이다. 가짜 엄마 사건이란 김애리가 조퇴와 결석을 편리하게 하기 위해 엄마인 척 대행해 주는 서비스를 이용하다가 나에게 적발된 사건을 말한다.

하지만 전반적으로 김애리는 내가 그날 봤던 남학생을 사귀기 전과는 확연히 달라져 갔다. 김애리는 자신의 차가운 성격과 뛰어난 외모에 홀딱 반해 어쩔 줄 모르는 허술하고 그렇고 그런 남학생들을 사귀다가 차 버리고는 무용담을 늘어놓던 사람이었다. 그러던 김애리가 학기 말이 되어 갈수록 표정이 어둡거나 눈빛이 흔들렸다. 김애리는 나를 비롯한 '어른'들에게는 입을 꽁꽁 다문 전형적인 십대였다. 내가 그 아이에 대해 알고 있었던 것은 지극히 표면적인 것에 불과했다. 그리고 말했듯이 나는 김애리에게 본능적인 거부감을 지니고 있었기에 내가 이 아이를 크게 변화시킬 수 없다는 무력감도 함께 느꼈다.

이렇게 김애리는 내게 거북한 존재였고 이해하기 힘든 사람이었는데 한참 뒤 다른 학생을 통해 김애리의 사연을 전해 듣게 되었다. 고등학교 졸업 후 김애리는 어떤 남자를 사귀었는데 열 살 이상 차이가 나는 연상의 남자였다고 한다. 김애리를 잘 알던 그 학생에 의하면 김애리는 '나쁜 남자'에게 끌리는 성격이었다. 내가 목격했던 격정적 키스의 그 남학생 역시 거기에 속하는 케이스였다. 그런 남자들을 몇 번 사귀고 나서 크게 상처입은 김애리는 고등학교 때와는 전혀 다른 사람이 되어 있었다고. 남자로부터 실연을 당했을 때 자살 기도를 한 적도 있다는 말로 시작된 김애리의 후일담은 더 듣고 싶지 않을 정도로 우중충했다.

싫어했던 학생이었지만 그래도 내 학생이었는데 남자들에게 상처를 입고 힘들어한다고 하니 알지도 못하는 그 남자들에게 화가 났다. 생각해 보니 나도 십대, 이십대엔 내가 쉽게 이해할 수 없는 대상, 쉽게 정복할 수 없을 것 같은 것에 강하게 이끌렸다. 이제는 경험이 쌓여서 그런지 인간관계에 관한 한 '노력'으로 도저히 되지 않는 한계가 있다고 믿게 되었다. 그래서 '느낌'이 좋지 않다면 그 본능에 충실하려고 한다.

이십대 중반이 된 김애리를 다시 만난다면 어떤 느낌일까. 그렇게 모든 사람을 우습게 아는 듯한 태도, 지나치게 당당한 눈빛을 발사하지 않는 김애리란 어떤 모습일까. 그것은 잘 상상이 되지 않는다. 그리고 그런 모습은 실은 보고 싶지도 않다. 만약 변화된 김애리가 더 이상 내게 불쾌감을 주지 않는다면 더욱 소름이 끼칠 것 같다. 나쁜 남자들에게서 상처를 받아 변화된 김애리는, '순화'된 김애리는 더 이상 김애리가 아닌 알 수 없는 다른 존재일 것만 같다. 비록 나와는 맞지 않았지만 아름다운 독버섯이 독을 품고 매력을 발산하는 것 같던 김애리가 진짜 김애리라고 생각한다.

나에게 좌절감을 주는 학생일수록 결국 내게 큰 깨달음을 준다. 삼사십대 여선생의 뇌 따위 다 꿰고 있는 듯한 닳고 닳은 표정을 짓는 학생, 나이를 뛰어넘는 태도나 정신적 수준을 보이는 학생. 아무리 그런 학생이라 하더라도 십대라면 어쩔 수 없이 지닐 수밖에 없는 가련함이란 게 있다. 그걸 인정하게 된다. 현재 나를 시험에 들게 하는 '센' 학생이라 하더라도 그 아이가 졸업 후 마주할 비천하고 치사한 세계에서 상처 입고 힘들어할 '내 학생'임을 잊지 말자고 다시 마음먹게 된다.

바닥 쓸고 골반 댄스 추는 진수아

나는 공립학교 교사라서 5년에 한 번 학교를 옮기는데, 대체로 한 학교당 한두 명의 학생이 인상 깊게 머릿속에 남는다. 진수아는 M고를 대표하는 학생으로 내 머릿속에 남은 여학생이다. 처음 그녀에 대한 인상은 '친구로 만났다면 동경했을 타입'이었다. 수아의 눈빛에는 마치 털을 잘 고른 고양이 같은 고요한 단단함이 있어서 사람의 관심을 끄는 매력이 있었다. 이런 선명한 매력은 대개 두 가지 중 한 가지 방향으로 확실하게 나아간다. 나는 그 방향이 나와 긍정적인 화학 작용이 가능한 쪽이기를 바랐다.

진수아는 곧게 뻗은 갈색의 긴 생머리를 단정하게 늘어뜨리고는 문학 수업을 열심히 들었다. 마치 '참한 여학생'의 전형 같은 모습의 수아는 내 눈을 피해 살짝살짝 화장도 했다. 당시 나는 지나치게 화장을 많이 하는 우리 반 여학생들 때문에 골머리를 앓고 있었다. 이렇게 말하면 [학생이 화장을 왜 하나] → [그런데 이것들이 화장을 많이 한다] → [고로 나는 골머리가 지끈거린다]의 과정이 진행되었다는 뜻으로 들릴 수 있다.

하지만 내가 골머리를 앓은 진짜 이유는 그런 건 아니었다. 내 마음속 깊은 곳에는 용의복장 단속에 대한 강한 '양심적 거부'가 자리하고 있었다. 사춘기 십대 소녀가 응당 가지게 마련인 외모에 대한 관심을 억압하는 짓을 내가 하고 싶진 않았다는 뜻이다. 나 역시 그때는 그러했고 지금도 여전히 외모는 자아 정체성에 있어서 아주 중요하다고 여긴다. '심판자' 역할을 바로 내가 해야 한다는 것이 괴로웠다. 종교에서 제시하는 거의 모든 교리에 공감하지만 단 한 가지, 신의 존재가 미심쩍은, 그런 되다 만 신자가 느끼는 고뇌에 가까웠다. 즉, "하나만 빼고요."라고 하기엔 그 '하나'의 중요함이 워낙 절대적인 그런 상황.

물론 TPO(time, place, occasion)에 걸맞지 않게 '갸루상'급 메이

크업을 하고 다니는 노는 언니들을 지지하고 싶었다는 뜻은 아니다. 진수아 같은 학생을 볼 때가 괴로웠다. 정말이지 '묻지도 따지지도 않고' 그냥 떡칠을 해 댄 과한 '스모키녀'들 사이에서 선생 눈을 슬쩍 피해서 센스 있게 화장하는 진수아는 빛이 났다.

그런 게 좋았다. 그때 나는 '설득', '협상 전략' 같은 테마에 깊이 빠져 있었는데 진수아의 방식이야말로 세련되고 효과적인 협상 전략이 무엇인지를 잘 보여 주는 일상적 사례로 다가와서 더욱 끌렸던 것 같다. 아이돌 걸 그룹 수준의 스모키 화장을 하고 있는 여학생을 보고 있자면 막장 드라마를 보는 것처럼 과한 상황에 한숨이 나왔다. 그런 방식으로는 결코 진정한 존중이나 인정, 대등한 관계를 이끌어 낼 수 없다. 자신은 아무것도 바꾸지 않고 그 자리에 버티고 서서 자신의 화법만 고집스럽게 고수하는 모습으로는 상대를 설득하기 어렵기 때문이다. 단지 '심판자'로서의 교사 페르소나가 작용하여 '에휴, 그렇게 진한 화장을 학생이 하면 어떡하니.' 하는 경우와는 다른 것이었다. '협상 전략'이라는 필터를 가미하여 나는 '갸루상녀'들을 진심으로 한심하게 생각했다.

진수아의 매력은 담임 면담을 할 때에는 민낯으로 오는 수고로움과 예의를 기꺼이 선보일 줄 알았다는 점에서 우러나왔다. 밴드 공연을 준비하는 시즌에는 초췌한 민낯으로 돌아다니는 정치력과 자기 관리, 진정성도 선보였다! 평소에는 흐트러짐 없던 선배 언니가 공연을 앞두고 망가지는 모습을 보며 후배들은 절로 숙연해졌으며 그녀는 긴 말 없이도 후배들을 능란하게 움직였다. 진수아는 교내 밴드부에 소속되어 자신의 내면에서 불타오르는 끼를 발산했다가 축적했다가 하고 있었다. 반에서는 조용히 지냈지만 언제나 빛이 났다. 그녀를 보고 있으면 '낭중지추'라는 고사성어가 새삼 떠올랐다. 당시에 내가 '설득', '협상 전략'과 더불어 몰두하고 있었던 테마가 '자기 어필'이었다. 어떻게 하면 나를 홍보할 수 있을까 밤낮 생각했다. 하지만 그녀를 보니 그것은 바보 같은 짓거리처럼 여겨졌다. 나는 먼저 송곳이 되어야겠구나 하는 생각이 들었다.

학생이지만 교사가 오히려 배우게 되는 그런 학생이 있다. 나이는 숫자에 불과하다는 생각이 들게 만드는 학생. 나는 그 나이에 결코 저런 정신적 수준, 혹은 저런 인격적 수준에 이르지 못했었지 하는 생각에 그를 '학생'이기 이전에 '훌륭한 영혼'으로 대하게 되는 그런 존재, 교직 생활에서 이런 아이를 다시 만나려면 몇 년이 지나야 될까 싶은 그런 학생 말이다. 진수아가 바로 그런 아이였다.

외모나 태도가 아주 세련되고 시크한 그녀는 동급생들 사이에서 선망의 대상이었다. 하지만 그런 것에 연연하지 않고 실속을 다지는 진수아의 디테일을 나는 순간순간 목격하게 되었고 그것은 마치 인상적인 흑백 사진들처럼 내 머릿속에 깊이 각인되었다. 그녀는 필요하다면 마녀같이 혹독한 태도로 동아리 후배들을 단련시켰고 필요하다면 고개를 숙이고 와서 동아리 리더로서 금전 문제에 대해 상담을 요청했다. 나는 그녀에게 돈을 빌려주지 않았다. 그것은 그녀 방식에는 어울리지 않는 것 같았다. (물론 내 방식에도 안 어울린다. 나는 본래 돈을 빌려주지 않는다.) 다른 방식으로 문제를 해결해 보도록 조언했고 중간 점검을 해 주었다. 진수아는 리더십으로 그 문제를 잘 해결해 냈고 공연도 성공리에 마칠 수 있었다.

연극반이라든가 밴드부같이 드센 학생들의 결집체인 동아리에서는 축제 날만을 손꼽아 기다린다. 평소 수업 시간에는 어물전에 이틀 묵은 생선처럼 축 늘어져 지내던 그들도 자신의 고향 심해에서 펄떡이는 등 푸른 생선이 되는 날이다. 나도 굳이 그들의 뒤풀이를 아는 척하지 않기로 했다. 청소는 바라지도 않았다. 하지만 진수아는 끝까지 남아 한숨을 쉬며 청소를 지도했고 뒤풀이에 잔뜩 부푼 아이들이 하나둘씩 튈 때에도 끝까지 남아서 뒷정리를 마무리했다.

축제 무대에서 화려한 골반 댄스로 전교생의 이목을 집중시켰던 진수아. 늘 담담한 어조로 조용하게 말하지만 내용은 진지하고 꽉 차 있었던 진수아. 눈에 번쩍 띄는 아름다움보다는 집에서 잠들 때, 한 해가 지날 때 가만히 떠올려 보게 되는 우아함을 지닌 진수아. 고요하고 깊고 강한 눈빛을 지닌 진수아는 지금 대학에 들어가서 마음껏 자신의 끼를 발산하고 있다.

수아야, 해피 뉴 이어!

사기 외모 사기 캐릭터
김동엽

이성에 훨씬 앞서 본능이 작동하도록 하는 외모가 있다.

여자든 남자든.

김동엽이 바로 그런 외모를 지닌 학생이었다.

자연스러운 윤기가 감도는 피부에 부드러운 듯 우수에 젖은 이목구비는 보는 즉시 상대에게 호감을 불러일으키기에 충분했다. 그저 눈을 깜빡이며 숨을 쉬고 있을 뿐인데도 호감을 불러일으키는 외모였다. 나는 그때까지 수천 명의 학생들을 봐 왔으니 첫인상이 다가 아니라는 것쯤은 알 만도 했다. 그런데 김동엽의 경우 그가 자연스러운 호감을 불러일으키는 외모와 태도를 지니고 있다는 게 문제였다. 1학기가 거의 다 지나고 나서야 내가 이

교활한 놈에게 감쪽같이 속아 넘어가고 있다는 것을 깨달았다.

그렇게 신뢰를 주는 외모와 표정, 몸짓을 지닌 학생이 속은 완전히 다른 이중인격이라는 것을 알아차리기란 쉽지 않았다. 그렇다고 김동엽이 모범생인 건 아니었다. 그는 지각을 밥 먹듯이 했으며 가끔 청소도 튀었다. 하지만 '사후 처리'가 여타의 상습 경범죄자(!)들과 차별화되었다. 근태가 안 좋고 수업 태도가 불성실한 놈들은 담임에게 불려 왔을 때도 태도가 비슷비슷하다. '난 어차피 대학에 안 갈 건데 당신이 웬 참견이냐.' 하는 태도가 하나고 '네네, 제가 잘못했습니다요, 어서 보내 주기나 하시지요.' 하는 듯이 영혼 없는 사죄로 일관하면서 어서 빨리 그 순간에서 벗어나려는 태도가 또 하나다. 마지막으로, 묻는 말에 시종일관 아무런 대답도 하지 않고 땅만 바라보아 담임을 답답하게 함으로써 상담을 빨리 끝내는 것이 전략인 놈들도 꽤 된다. 대체로 이 3종에 해당하고 가끔 뭣에 취한 듯 완전히 무기력한 얼굴과 멍한 태도를 보이는 학생도 있다.

하지만 그런 불성실한 학생들 중 김동엽처럼 자기 행동에 대해

진솔한 표정과 태도로 마음을 다해 죄송함을 표하는 경우는 없었다. 김동엽이 지각과 청소 도망에 대해 반성하는 모습은 너무나 자연스러웠다. 뭔가를 꾸며 내는 사람답지 않게 말하는 속도나 표정 변화가 조급하지도 과장스럽지도 않았다. 정말이지 마음으로부터 우러나는 사과와 반성이란 이런 것이구나 하는 생각까지 한 적도 있다. 청춘의 맑은 기운을 농축시켜 담아 놓은 것 같은 김동엽의 눈동자는 그럴 때면 아주 살짝 촉촉해지는 것 같기도 했다. 나는 이런 학생이 어째서 공부를 못하는 것인지 이해가 되지 않았다.

역시 가정 환경이 중요하긴 하구나 싶었다. 김동엽은 부모님이 이혼하신 뒤 이모 집에서 살고 있었다. 아버지는 언론에 얼굴을 자주 비추는 유명 변호사인데 생일이나 크리스마스 같은 날에만 만나서 시간을 보낸다고 했다. 어머니는 이혼하신 뒤로 우울증에 걸려 집 밖에 나가는 일이 거의 불가능한 상태였다. 내가 김동엽의 문제로 전화를 할 때도 어머니와 통화하는 것은 어려웠다. 주로 이모라는 분과 통화를 했고 김동엽 문제로 내교하신 보호자도 그분이었다.

'김동엽 문제'란 것은 그가 우리 반의 경계아 K를 폭행한 사건을 의미한다. K는 말을 안 하고 가만히 있으면 정상으로 보이지만 입을 열면 애매하게 어눌한 말투를 보이고 하루 정도 지내다 보면 초등학생 저학년 정도 되는 정서 수준이라는 점이 드러나는 그런 지적 경계아였다. 확실하게 장애 판정을 받지 않은 자식을 특수 학급이 있는 학교나 특수 학교에 다니게 하고 싶지 않았던 그의 부모는 K를 우리 학교에 입학시켰던 것이다. K는 성격이 조용한 편이어서 별다른 물의 없이 한 학기가 지나가는 듯했다. 하지만 담임으로서 늘 신경이 쓰이는 건 사실이었다. 보통 3월이 지나면 점심시간에 교실에 잘 올라가지는 않는데 그해 나는 특별한 일이 없으면 거의 매일 점심시간마다 교실에 올라가 보곤 했다. K는 같이 어울릴 만한 친구가 없으니 거의 혼자서 뭔가를 만들고 있었다. 하지만 기타 이상한 조짐이 있어 보이지는 않았다.

'그러던 어느 날'이었다. 나는 다음 수업을 준비하면서 교무실에 앉아 있었다. 우리 반 여학생들 몇이 몰려와서 "선생님 큰일 났어요!"라고 다급하게 외쳤다. 뛰어 올라가 보니 K가 바닥에 쓰러진 채 입에 피를 흘리고 있었고 김동엽은 선 채로 씩씩거리며 숨을 몰아쉬고 있었다. 내가 다가가자 이들을 둘러싸고 있던 아이들이 물러나며 자리를 내어 주었다.

학교에서 발생하는 가장 골치 아픈 사건 세 가지를 꼽자면 폭력 사건, 왕따(집단 따돌림) 사건, 도난 사건이 아닐까. 김동엽의 사건은 피해자가 정신 지체 경계아였다는 점에서 폭력과 일종의 왕따가 합쳐진 성격으로 해석될 수 있었다. 당시 우리 반 학생들이 K를 일부러 괴롭힌다거나 따돌렸던 것은 아니다. 그러나 K는 늘 혼자였다. 고등학생이 된 아이들에게 이 아이와 친하게 지내야 착한 아이란다, 하는 말이 안 통하리라는 것을 알기에 나는 애들이 조금 부족한 K를 놀리거나 괴롭히지 않고 그대로 두는 것만으로도 다행이라고 생각했다. 아이들은 특별히 K를 도와주지는 않았지만 그렇다고 K를 놀리거나 괴롭히지도 않았다. 수험생이어서 각자의 학업, 살길에 대한 고민이 많았기에 K를 골탕 먹이거나 놀려 먹는 일에 몰두할 에너지가 별로 남아 있지 않아서였는지도 모른다. 어쨌든 결과적으로 K에게는 잘된 일이었다. 외로운 K가 나를 찾아올 때마다 별 해결책이 없다는 걸 알지만

그냥 K의 말을 들어주는 것이 내가 할 수 있는 최선이라고 생각했다.

김동엽이 K를 폭행한 이유는 별로 설득력이 없어 보였다. 그는 "K가 저를 먼저 한 대 툭 치고 지나갔는데 너무 아팠어요. 일부러 저를 치더라고요. 눈빛도 좀 무서웠어요. 사실 학기 초부터 그랬어요."라고 했다. 이번에도 역시 김동엽은 예의 진실된 표정으로 이야기했다. 그러나 이번에는 내가 달라졌다. 나는 K를 몇 달 이상 주의 깊게 지켜봐 왔고 K의 전 담임과도 여러 차례 K에 대해서 이야기를 나누어 왔으며 K의 어머니와도 수차례 상담을 했다. 따라서 K에게 체격이 건장한 보통의 동년배 남학생을 위협할 만큼 신체적 폭력을 가할 성정이나 능력이 있지 않다는 걸 알고 있었다. 만약 김동엽이 폭행한 것이 K가 아니라 일반 학생, 그중에서도 폭력성이 있는 학생이었다면 나는 다른 때와 마찬가지로 완전히 김동엽을 믿었을 것이다.

자신이 피해자라고 주장하는 그 능수능란한 연기는 감탄스러울 정도였다. 상대의 심금을 울리는 말과 표정으로 자신의 부적절한 행동을 무마하려는 태도와 말들이 이번에는 역겨웠다. 미끈하게 잘생기고 근력도 좋은 김동엽 발치에 쭈그러져 맞은 입가에 피를 묻히고 고개를 떨구고 있던 K의 모습이 머릿속에 각인되었다. 김동엽은 예전과 똑같은 방식으로 적당한 속도와 적당히 머뭇거리는 듯한 흐름을 유지하여 '진솔한 감정'을 연기했다. 한 번 김동엽의 비열한 모습을 보자 그간의 나의 어리석음에 치가 떨렸다. 사실 김동엽이 변한 것은 전혀 없었다. 되돌아보니 김동엽은 언제나 말과 행동이 달랐다. 다른 정도가 아니라 정반대였다. 단 한 번도 "다시는 그러지 않겠습니다. 정말 죄송합니다."라는 말을 실행에 옮긴 적이 없었다.

그럼에도 때론 메시지보다 형식을 중시하는 나는, '무엇' 못지않게 '어떻게'가 중요하다고 믿었던 나는 김동엽의 진솔해 보이는 태도에 홀랑홀랑 넘어갔던 것이다. 김동엽만큼이나 나의 죄도 컸다. 김동엽은 이번에도 잘못을 손쉽게 인정하더니 "앞으로 절대 K를 괴롭히는 일은 없을 거예요.", "선생님 저는 정말 반성하고 있어요.", "아무래도 제가 잘못한 게 맞는 거 같아요." 등속의 말을 지껄였다. 이번에도 그런 식으로 말하지 않았더라면 내 반응이 달랐을까. 나는 김동엽의 그 말을 듣자 이번에는 소름이 끼쳤다. 저 참기름같이 번지르르하고 감미로운 반성의 말이 참 자연스럽게도 흘러나오는구나.
김동엽을 전학시켜야겠다고 생각했다. 학교 폭력의 가해자가 버젓이 학교에 다니는 경우가 있는데 절대 그렇게 되도록 두지 않으리라.

그러나 상황은 그렇게 단순하지가 않았다. 막상 김동엽을 전학시키려고 보니 그 아이는 지난 2년 반 동안 단 한 번도 교내 처벌을 받은 적이 없었던 것이다. 그토록 무단 지각이 많은데도 처벌을 받은 기록이 단 한 건도 없었다. 게다가 다른 선생님들께 부정적인 평가를 받아 내기도 어려웠다. 이 상황에 신의 한 수마저 더해졌다. 저명한 변호사인 그의 아버지가 몸소 학교로 찾아온 것이다. 그는 이 지경이 되도록 자신은 김동엽에 대해 아무것도 몰랐다는 것에 불만을 토로하며 담임인 나의 책임을 언급했다.

그 역시 아들 김동엽처럼 말에 엄청난 호소력이 있었다. 나는 하마터면 나 자신의 불찰에 대해 사과할 뻔했다. 다행히도 이미 김동엽의 진실을 마주한 나는 머리가 아주 차가워져 있었다. 생각을 해 보자. 주거지도 다르고 이혼 상태인 부모에게 담임이 자녀에 대해 연락하는 것은 상황에 따라 위험한 일이 될 수도 있다. 왜냐하면 이혼의 사유가 주거지를 달리하게 된 부모와 자녀 간의 만남이 두 번 다시 있어서는 안 되는 것이었을 수도 있기 때문이다. 담임에겐 이혼해서 주거지를 달리한 부모에게까지 자녀의 학교생활을 알릴 의무가 없을 뿐 아니라, 그렇게 해선 안 된다고도 할 수 있다. 바로 그런 처지에 있는 분이 내게 와서 이 지경이 되도록 자신에게는 왜 한 번도 아들의 학교생활에 대해 이야기해 주지 않았느냐고 말하는 것을 듣고 있자니 우스웠다. 이 아버지는 자신의 그 소중하다는 아들이 담임에게 학기 초에 내는 자료에 아버지의 이름도, 연락처도 쓰지 않았다는 사실을 알고는 있을까.

아무튼 변호사께서는 생활지도부 및 교장실에 가서 읍소를 했나 보다. 게다가 K의 부모까지 만나서 합의를 이끌어 내었다. 결국 김동엽에 대한 조처는 사회봉사 정도로 그쳤다. 당연히 전학도 가지 않았다. 김동엽은 그 기만적인 미끈한 얼굴로 무단 지각과 조퇴를 반복하면서 유유히 졸업을 했다.

김동엽의 아버지는 언론 노출이 잦은 유명인 특유의 당당함과 다듬어진 삼가는 태도, 그리고 은은한 광택이 몸에 배어 있었다. 그를 보자 김동엽이 실은 아주 불쌍한 아이라는 생각이 들었다. 크리스마스나 생일에만 아들을 보러 온다는 아버지. 김동엽은 아버지의 이런 반들반들하게 다듬어진 모습을 흉내 내고 싶었던 것일까.

김동엽이 만약 그렇게 매끄럽게 자신을 위장하지 않고 불안한 모습을 보였거나 거친 속의 일부라도 들켰다면 어땠을까 생각한다. 하지만 그에게도 자존심이 있었겠지. 감정을 공유하고 싶지 않은 여선생에게 자신의 가정사를 대충이나마 말해야 되는 학생 신분이라는 게 그에게는 어쩌면 구토가 날 정도로 역겨운 일이었으리라. 해가 바뀔 때마다 담임에게 주거지와 보호자에 대해 설명해야 하는 구차한 반복.

담임을 하면서 학생을 들여다보면 이런 때가 많다. 따지고 보면 사연 없고 안된 구석 없는 학생이 없다. 잘났으면 잘난 대로 못났으면 못난 대로 다 저마다의 아픔이 있고 자기만의 깊고 검은 우물이 있다. 타고 가다 보면 유전자의 문제로까지 인과 관계가 거슬러 올라가게 될 것이다. 어느 선까지 이해하고 어느 선까지 딱 잘라 말해야 하는지를 판단하는 것이 바로 담임의 전문성일 것이다.

김동엽은 어떤 사람이 되어 있을까. 아니, 실제로 그 당시 김동엽이라는 사람은 어떤 사람이었던 것일까. 파트리크 쥐스킨트의 소설 『향수』에는 '그루누이'라는 흉측한 외모의 남자가 등장한다. 그는 아무에게도 사랑받지 못하는 남자였는데 온 세상 사람들로부터 호감과 사랑을 끌어내려는 엽기적인 행각 끝에 결국 자신의 목표를 달성한다. 김동엽을 보면 가끔 그루누이가 생각났다. 그루누이와는 정반대로, 그냥 존재 자체가 그를 잘 모르는 사람에게서조차 매력과 호감을 불러일으키는 김동엽. 하지만 결국에는 모든 사람이 등을 돌릴 것만 같은 김동엽. 처음에는 혹하더라도 시간이 갈수록 피부에 닿는 감촉이 좋지 않고 결국 멀리하고 싶어지는 화학섬유 같던 김동엽.

십대는 변화 가능성이 많은 나이이고 사람이란 시간이 지나면 신기하게도 많이 변한다. 김동엽이 그 매끄럽고 우아한 가면을 이젠 일부라도 벗었길 바란다. 가면 안쪽에서 썩어 문드러지고 있는 자신의 모습을 햇볕에 말리고 소금도 좀 쳐서 더는 손상되지 않게 했으면 좋겠다.

숏커트를 사랑한 지연경

지연경을 자세히 알게 된 것은 순전히 내 헤어스타일 때문이었다. 숏커트 말이다.

내 인생과는 1%의 접점도 없을 것이라 생각했던 게 몇 가지 있다. 예를 들어 운동, 춤, 결혼, 자식 같은 것들. 이런 것에 비해 뭔가 지엽적인 느낌이 들지만 '숏커트'야말로 이 그룹에 응당 넣어야 할 것이었다. 다시 태어나지 않는 한 이생에서는 절대 할 리 없는 헤어스타일이었다는 점에서.

고등학생 때 두발 단속 때문에 굴욕적인 기분으로 숏커트를 했다. 그 헤어스타일은 가뜩이나 통통하던 당시의 내 얼굴을 더욱 따분하게 만들어 주기에 충분했다. 그 이후로 나는 그렇게 여성미라고는 찾을 수 없는 헤어스타일은 절대 하지 않겠다고 다짐했다.

하지만 몇 년 전 어느 날 문득 숏커트를 해야겠어, 하는 생각이 들었다.
그것은 희한한 기분이었다.
어제까지만 해도 아무렇지도 않던 머리카락이었는데 그날 거울을 보니 나머지 부분들이 이상하게 보였다. 이건 왜 여기 붙어 있지 하는 생각이 들었다. 긴 머리 자체가 이상한 건 아니었다. 머리 긴 다른 여자들은 괜찮아 보였다. 내 머리만 이상하게 생각됐다. 한 번 그렇게 보이자 하루 빨리 이 머리를 어떻게 해야 되겠다 싶어서 조바심이 났다.

결국 일주일 안에 숏커트를 해 버렸다.
그러자 놀라운 일이 벌어졌다.

과장을 약간 보태자면 출근하자마자 모든 여학생들이 이 머리에 대해 한마디씩 했다. 여학생들은 내 새로운 헤어스타일에 너무, 정말이지 너무나 열광했다. 그때까지는 물론 그 후로도 나에게 개인적으로 말을 걸어올 리 없는 그런 타입의 여학생이 나를 찾아온 순간이 기억난다. 그 아이는 수업이 끝나자 나를 따라 나오더니 "선생님" 하고 작은 목소리로 나를 불러 세웠다.

– 어? 왜.

– 선생님…… 저기요…… 제가 드릴 말씀이 있는데요.

– 그래. 해 봐.

– 선생님…… 그 머리 자르신 거는요…… 그건 정말로 잘 하신 거예요.

이런 웃기기도 하고 귀엽기도 한 대화를 통해 여학생들이 얼마나 숏커트를 동경하는지를 알게 되었다. 어떤 여학생은 내 헤어스타일이랑 꼭 닮았다면서 휴대폰에 저장해 온 연예인의 사진을 보여 주는가 하면, 어떤 여학생은 친구가 자기랑 내가 닮았다고 그랬다면서 자랑했다. 한 가지 재미있는 점은 그렇게 숏커트를 사랑하는 애들이 나를 따라서 머리를 싹둑 자르는 경우는 없었다는 것이다. 여학생들이 너무나 환호하는 그 현상은 예상치 못했을 뿐 아니라 아주 강렬한 것이어서 나는 세상이 흥미로운 곳이라는 생각이 들었다.

반면 남학생들의 반응은 좋지 않았다. 아니 반응이 좋지 않은 정도가 아니라 내 주변에서 남학생들이 그냥 싹 떨어져 나갔다고나 할까. 고등학교에 근무해 본 젊은 여교사들은 모두 공감할 것이다. 남학생들이 추근대는 그 무드. 젊은 여자 선생님 주위에 남학생들이 벌떼처럼 운집하는 이 현상은 때로는 즐겁기도 하고 불쾌하기도 한, 어쨌든 피해 갈 순 없는 일이다.

그런데 숏커트를 하고 나자 남학생들이 나를 중심으로 홍해 갈라지듯이 쩍 갈라져서 적어도 1미터씩 거리를 유지하는 그런 기이하고도 편리한 상황이 연출되었다. 그해에 우리 반이었던 담배깨나 피던 놈을 상담할 때였다. 키가 180은 되는 그애는 멀찍이 떨어져 앉았다. 상담을 하기 위해 가까이 갔더니 이놈이 자기도 모르게 흠칫 놀라며 뒤로 물러나는 게 아닌가. 여학생의 격렬한 반응과 더불어 남학생의 이런 반응 역시 흥미로웠다.

지연경은 그림 그리기를 좋아하는 여학생이었다. 말도 거의 없고 조용한 성격이라서 눈에 띄지 않는 편이었다. 하지만 교사란 학생을 하루 이틀 보는 사람이 아니다. 시간이 흘러갈수록 세상의 빛을 자기 쪽으로 조용히 지그시 끌어당기는 것 같은 학생을 돌아보게 돼 있다. 게다가 이렇게 '회화적'인 외모를 하고 있는 고요한 여학생이라면 더욱.

'회화적'이라…… 이상한 말이긴 한데 가끔 이렇게밖에 표현할 수 없는 느낌을 주는 사람을 만난다. 분명히 '예쁜' 외모다. 그런데 그것이 요즘 트렌드에 맞는 예쁜 외모가 아니라 19세기 말 20세기 초 유화 속 뮤즈 같은 느낌을 주는 사람.

국어 수업에는 별로 관심이 없는 것 같던 지연경은 고개를 숙이고 뭔가에 열중했는데 그것은 만화 그리기였다는 것을 곧 알게 되었다. 나는 딴 건 몰라도 뭘 그리느라고 내 수업을 안 듣는 학생에게 지나치게 후하다. 그러려니 했다. 그래 뭐 문학이나 그림이나 다 같은 예술인데. 네가 문학으로 위로받는 사람이 아니라 그림으로 위로받는 사람이라면 뭐…….

눈만 마주쳐도 수줍게 웃으면서 눈빛을 피하곤 하던 지연경이 어느 날 교무실로 와서 초콜릿을 주었다. 나를 그린 섬세한 스케치와 함께. 그날은 내 생일이었다. 마치 말을 못 하는 사람처럼, 마녀에게 목소리를 잠시 빼앗긴 인어공주라도 되는 것처럼 지연경은 눈빛에 애정을 한가득 담은 채 말은 최소화하여 그것을 건넸다. "이거요. 드세요."

스승의 날에 학교 앞에서 파는 '스승의 날 카네이션'을 주는 것 같은 클리셰가 아니었다. 내 생일에 뭔가를 주다니 개인적인 느낌이 들었다. 그런데 다른 느낌도 있었다. 지연경이 초콜릿을 건네는 그 동작 때문이었을까? 목소리 때문이었을까? 아니면 알 수 없는 기운? 온도? 모르겠다. 이런 것은 복합적이고 순간적이고 너무 육체적인 것이어서 사실 언어로 분절해서 표현하기 힘든 법이다. 뭐랄까, 기분이 좋긴 한데 머리카락이 쭈뼛 서기도 하는 낯선 느낌이었다.

내가 오늘 피곤해서 그런가 보다 했다. 하지만 그게 아니었음이 날이 갈수록 분명해졌다. 내 숏커트에 열광하는 여학생들은 차고 넘쳤다. 하지만 점점 그 열기는 식어 갔고 가끔 “선생님 헤어 스타일 짱이에요!” 뭐 이런 소리들이 들려왔지만 그것은 아주 발랄하고 상쾌한 것이었다. 그런데 지연경이 나를 보는 눈빛은 그런 것이 아니었다. 그것은 성적인 긴장과 에너지로 가득한 어떤 것이었다.

교내 체육대회가 있던 날이었다. 아주 더운 날이어서 야외 스탠드에 앉아 있는 학생들이나 교사들이나 헉헉 소리를 내면서 숨을 쉴 정도였다. 그때 지연경이 어디선가 다가와 내 옆자리에 앉더니 “선생님 더우시죠? 제가 부채질을 해 드릴게요.”라고 했다. 내가 알기론 이렇게 살가운 성격이 아닌데 의외다, 싶으면서도 그 마음이 갸륵하고 고마웠다. 그런데 문제는 그 부채질이 부담스러울 만큼 오래 계속되었다는 데 있었다. 지연경은 무려 70분간이나 부채질을 했다.

그 70분짜리 부채질은 그저 좋아하는 선생님이 더울까 봐 할 수 있는 것이라기엔 뭔가 정념으로 꽉 찬 것이었다. 나로서는 점점 머리카락이 쭈뼛 서는 기분이었지만 그게 참 그만하라기도 뭣

하고 애매했다. 70분이 지나고 체육대회도 끝나서 흡족한 얼굴로 자리를 뜨는 지연경을 보니 더욱 혼란스러워졌다. 주변 지인들에게 이 상황에 대해 물어봤다.

– 선생님을 좋아한다는 것만으로 한여름 무더위에 70분간 부채질이 가능할까?

반응은 대체로 이랬다.

– 헐. 70분? 대단하다. 너 훌륭한 선생님이구나. 선생님을 엄청나게 좋아해야만 가능한 일이다.
– 니가 무슨 말 하는지 알겠는데, 애매한데. 꼭 렌즈로 볼 순 없는 거 아닐까. 그냥 선생님이 엄청 좋으면 그럴 수도 있을 거 같은데.
– 선생님이 좋으면 그럴 수도 있긴 한데 동성 선생님께 그렇게까지 하긴 힘들다고 본다. 좀 더 지켜봐야겠지만 그냥 그것만 가지고는 애매하네.
– 근데 그게요…… 선생님은 뭘 느꼈어요? 선생님이 느낀 그

느낌이 정답 아닐까요. 다른 학생들도 선물 주고 좋아하는 티 내고 그러잖아요. 그럴 땐 못 느꼈던 뭔가 낯선 게 느껴져서 당황스러우셨던 거잖아요. 그럼 그 느낌이 맞는 게 아닐까요?

나는 마지막 말에 신뢰가 갔다. 하지만 지연경이 뭔가 나에게 부담을 주는 제스처를 취한 것도 아닌데다가 수험생이기에, 최대한 나의 혼란스러움을 드러내지 않고 조용히 그 아이가 남은 학교생활을 무사히 마치기를 바라봐 주는 게 교사로서 해야 될 일이라고 생각했다.

졸업식 날이었다. 지연경이 친구들과 같이 찾아왔다. 지연경은 아주 예쁜 꽃다발을 내게 건넸다. 그러더니 이렇게 말했다.

– 선생님, 저 이제 졸업하니까 한 번만 안아 주세요.

전혀 우는 건 아니었는데 온 얼굴로 우는 것 같은 느낌이었다. 가슴이 먹먹해졌다. 내가 생각했던 것이 맞구나. 그냥 그 순간 알 수 있었다. 남편도 있고 아이도 있는 한 여자 선생님을 사랑했구나, 너는. 그래서 참 힘들었겠구나, 너는. 그리고 너 혼자 행복하기도 했겠구나.

나는 지연경을 안아 주었다.
그 아이가 애타게 바랐던 방식은 아니었겠지만.
정말 졸업을 축하하고 그 아이가 힘들었을 것을
한 아름 싸안는 마음으로.
연경이는 지금 어디에서 누굴 만나고 있을까.
그 아이가 정말로 사랑하는 사람을 꼭 만났으면 좋겠다.
그것이 남자이든 여자이든.

부드럽고 미끄럽고 위험한 백소라

내가 백소라를 눈여겨보게 된 이유는 그녀의 눈이 단순히 큰 것을 넘어 헬레나 본햄 카터의 젊은 시절처럼 '눈이 벌어져 있다!'는 느낌이 들었기 때문이었다. 헬레나 본햄 카터가 팀 버튼의 뮤즈가 된 이유는 아마도 그녀의 눈이 주는 그로테스크한 신비로움 때문 아니었을까. 그녀의 눈은 뭔가에 극도로 놀라 동공이 활짝 벌어진 것 같은 느낌이었고, '구멍'이 연상되는데 그 구멍은 이상한 나라의 앨리스에 나오는 토끼 굴 같은 그런 흥미진진하고 동화적 상상력을 불러일으키는 성질의 것이 아니라, 음침하고 어두우면서도 거부할 수 없는 끌림이 있는 무의식 덩어리 같은 것이었다.

매끈하고 탱탱하고 젊은 피부에 탐스러운 머리카락에도 헬레나 본햄 카터의 눈이 주는 '벌어짐'의 충격은 중화되지 않았다. 벌어지면 벌어질수록 위험한 상처를 보고 있는 것처럼 나는 영화를 보는 내내 그녀가 단지 눈을 뜨고 있는 것을 보는 것 자체만으로 마음이 불안했다. 아름다운데 불안하기 그지없었다. 한 번도 경험해 보지 못한 그 느낌은 칼로 베이는 것처럼 섬뜩하면서도 황홀했다. 백소라의 눈에서 카터의 경우에서와 같은 예술적 마력까지 느끼는 건 아니었지만 어쨌든 그녀의 눈이 사람의 시선을 잡아끄는 '음'의 에너지가 있는 건 분명했다. 십대에게서 그런 느낌과 에너지를 느낀 것은 처음이었다.

아직 한마디 나누기도 전에, 무슨 일이 있기도 전에 그녀가 처음 지각한 날 나는, '넌 오늘부터 계속 지각하겠구나.' 하고 생각했다. 불행히도 직감은 딱 들어맞았다. 지각, 흡연, 무단결석, 교내 처벌 등의 절차를 차곡차곡 밟는 이 아이는 그러나, 불려 오면 일단 고개를 푹 숙이고서 내가 하는 말에 고분고분 "네, 네." 하여 나의 교사 페르소나에 일시적 안정감과 만족감을 주었다. 하지만 그녀의 태도에는 뭔가 석연치 않은 구석이 있었다. 지나치게 매끄럽고 가볍다고 해야 할까. 당시만 해도 순진한 교사였던 나는 무의식적이고 본능적인 직감에 의존하기보다는 내 눈앞에서 보이는 그 고분고분함이라는 증거에 따라 백소라를 판단했다.

2학기가 되어서야 나는 '백소라는 변하지 않는다'는 것을 깨달았다. 처벌이 진행되는 과정에서 부모가 절차에 따라 학교에 불려 왔고 어머니께서 나를 만나러 오셨다. 검은 비닐봉지를 부스럭거리면서 들어오는 백소라의 어머니는 눈부시게 아름다웠다. 백소라의 얼굴이 주는 음의 아름다움과는 다른 느낌이었다. 하지만 어머니와 대화를 하면 할수록 나는 역시 또 다른 백소라를 느낄 수 있었다. 그녀들의 공통점은 '사람을 화나게 하는 일을 저질러 놓고 그것을 없던 일로 하기'에 매우 능수능란하다는 점이었다. 그리고 그것은 무슨 특별한 기교가 있는 것도 아니면서도 말로 설명하기 어렵고 계량화되거나 감각화될 리 없는 묘한 기의 작용이라는 점이었다. 그녀들의 나긋나긋하면서도 일견 평범해 보이는 반성하는 태도는 사람의 분노를 일시에 잠재우는 위력이 있었다.

그녀들이 교무실을 빠져나가는 순간, 세이렌에 홀렸던 뱃사공처럼 '이번에도 또 당했다'는 느낌이 들었다. 그녀는 마치 장을 본 다음 잠깐 이웃집에 들른 사람처럼 검은 비닐봉지를 덜렁덜렁 들고 왔지만 그럼에도 '아, 참 소탈하구나' 하는 생각이 들게 만들었다. 적어도 그녀와 한 공간에 있는 동안에만은.

백소라의 엄마는 아주 자연스럽게 "저 사실 소라랑 마주 앉아서 가끔 술을 마셔요."라고 했다. 백소라 역시 "엄마가 가끔 안 들어와요. 나이트 가는 거 좋아하시거든요. 저희 엄마 재미있는 분이에요."라고 말했다. 그런 식이었다. 모녀의 그런 태도는 일본 드라마 〈심야식당〉에 나오는 등장인물이 지극히 담담하게 "나, 사실은 스트립걸이에요."라고 말하는 그런 무드였다. 내용과 형식의 부조화가 신선함을 주었는데 그녀들이 자리를 뜨면 '내가 또 항복했구나.' 하는 낭패감이 들었다. 사람이 사람을 설득하는 데에는 논리 이상의 것이 훨씬 더 강력하구나 하는 생각이 들었다. 또한, 설득된다고 해서 설득당한 사람이 자기를 설득한 사람을 믿는 건 아니구나 하는 것도 알게 되었다.

나는 그녀들의 유전자를 변형시킬 수 없다는 점을 인정해야 했다. 나는 백소라를 털끝 하나 바꾸지 못했지만 백소라가 내게 끼친 영향은 매우 컸다. 그 영향은 그다지 좋은 것은 아니었지만 교사로서의 나를 돌아보게 했다. 나는 교사이지 신이 아니기 때문에 당연히 십대 후반 학생의 역사와 유전자를 바꿀 수는 없다. 문자로 써 놓고 보면 아주 당연해 보인다. 하지만 많은 초임 교사들이 자신에게 거의 무한한 능력이 있다고 믿기 쉽다. 왜냐면 '학생들은 변화가 가능한 존재'라는 신념이 빵빵한 상태로 교직에 입문하는 경우가 많기 때문이다. 하지만 백소라를 경험하고 난 뒤 나는 많이 달라졌다. 내가 십대 후반의 학생을 바꿀 수 있는 가능성은 생각보다 굉장히 적을 수도 있겠다는 생각이 들었고 이전의 내 낭만적인 확신이 실은 오만이었다는 생각도 들었다. 이렇게 말하면 백소라와의 만남이 내게 큰 통찰을 준 긍정적인 사건으로만 들린다.

하지만 한편으로 나는 백소라 때문에 오랫동안 극심한 허무주의에 빠져 있어야 했다. 그해 유달리 백소라를 비롯해 '본색이 쉬이 드러나지 않는 여자의 어린 시절' 같은 아이들이 우리 반

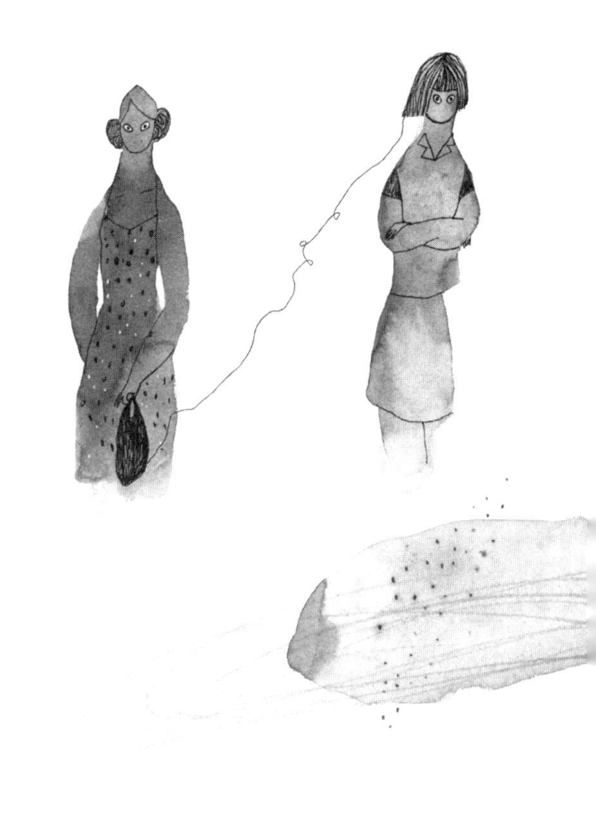

에 많았던 탓도 있었다. 내가 변화시켜야만 하고 내가 변화시킬 수 있다고 믿는 학생이 아니라, '나와는 유전자 자체가 다른 사람'의 어린 시절을 잠깐 보고 있을 뿐이라는 생각이 들었다. 이는 사랑에 푹 빠져 콩깍지가 씌었던 여자가 갑자기 자신이 사랑해 온 남자를 철저히 객관화하고 대상화하여 보게 된 사건만큼이나 충격적인 전환이었다. 교사가 이래도 되는 걸까. 하는 자괴감에서도 헤어 나오기 힘들었다. 내가 제대로 변화시킬 수 있는 것은 딱 중산층 집안의 자녀들뿐인 게 아닐까 하는 생각이 피어올랐다. 임상수가 "감독은 존재를 배반할 수 있어야 한다"고 하는 말을 듣기 전까지는 말이다.

백소라는 지금쯤 어떻게 지내고 있을까. 유쾌하고 가볍고 매력적으로 어디선가 사기를 치고 있을까. 돈 많은 남자와 결혼해서 우아하게 살고 있을까. 교직에서 경험해야만 하는 삶의 불편한 진실을 빨리 일깨워 줘 나의 교직 허니문을 박살내 준 백소라에게 나는 감사를 해야 할지, 화를 내야 할지…….

남자를 사랑한 남자

김현

어떤 사람을 단번에 보여 주는 것은 바로 눈빛이 아닐까. 단 1분을 보았을 뿐인데, 심지어 한마디 말조차 나누지 않았는데도 어떤 사람의 눈빛은 내게 필요 이상이라 생각될 정도로 많은 것을 전해 준다. 설령 그것이 선입견일지라도 말이다.

김현은 눈빛을 가진 아이였다. 사람의 눈빛이란 응당 저 정도는 되어야 하는 게 아닌가 하는 생각이 드는 그런 눈빛이었다. 저렇게 자아가 분명하고 광채가 번득이는 그런 눈빛이 아니라면 모름지기 눈빛이라고 할 수 없는 거야. 김현의 강렬한 눈빛은 정신없는 학기 초 교실에서도 바로 첫 시간부터 내게 다가왔다.
저 눈빛.

저것은 여느 학생의 눈빛이 아니다.
연애 5범 이상의 닳고 닳은, 능글거리는, 영업깨나 해 본, 학교 공부를 이미 초월한 그런 눈빛이라고나 할까. 학생과 교사의 프레임을 넘어 또 다른 프레임을 순식간에 만들어 내는 그런 눈빛이다. 김현은 내게 첫날부터 강력한 눈빛 페로몬을 발사했다.

그 반 담임 선생님을 비롯하여 그 반 들어가는 선생님들마다 입을 모아 말하는 내용인즉슨, 김현 때문에 신경이 쓰인다는 것이었다. 아슬아슬할 정도로 교사와 긴장 관계를 유지하며 '맞짱'을 뜨는 그놈은 학년 전체의 짱일 거라는 추측을 낳았다. 하지만 나는 김현 때문에 골치를 앓은 적이 없었다. 녀석은 내 수업을 들을 만한 지적 능력을 갖추지 못했지만 그런 것 따위는 자신의 삶과는 하등 상관없다는 듯이 지극히 당당하고 느긋한 태도로 내 질문에 반응도 해 가면서 예의 특유의 눈빛을 내뿜으며 내게 호감을 표하곤 했다. 그러다가 수업이 본격적으로 진행되면 엎드려 잤다.

어쩌면 김현과 대치 국면에 처하지 않았던 것은 내가 자는 학생을 굳이 깨우지 않았기 때문인지 모른다. 어쨌든 나는 김현에 대해 별다른 촉수를 가지고 있지 않았는데…… 그러던 어느 날. 녀석과 내가 '맞짱'을 뜨게 되었다. 구체적인 내용은 지질하니까 생략하도록 한다. 결과는 표면적으로 무승부였고 심층 분석하면 나의 판정승이었다. 학생과 교사 사이에 승부가 뭔 일이냐고? 웬걸. 승부가 있다. 교사와 학생이야말로 전형적인 갑을관계가 아니던가. 이것은 권력 싸움이다!

한 학기가 다 지나고서 알게 된 김현의 본모습에 나는 적잖이 실망하기도 했고 놀라기도 했다. 그런데 다음 시간 나는 더욱더 놀라고 말았다. 녀석이 내게 대들었던 진정한 이유가 실은 나에 대한 반감 혹은 사춘기적 호르몬 부작용이 아니라 전혀 다른 곳에 있는지도 모른다는 단서를 포착했기 때문이었다. 김현이 자신의 엑스엑스에게 다정하게 옷을 벗어 덮어 주는 광경을 나는 목격했다. 예기치 않게.

남학생이 남학생에게 옷을 벗어서 덮어 주는 장면을 나는 지금까지 한 번도 본 일이 없다. 한 번도 본 적이 없다고 해서 기상천

외한 일이라고 단정할 수는…… 물론 없다. 하지만 중요한 것은 맥락이요 뉘앙스이다. 그 장면, 그 눈빛은……. 나는 알 것 같았다. 단번에 이해되었고 김현이 내게 대들었던 것도 다 이해가 되었다. 두 놈을 싸잡아 처벌하려고 했던 나의 프레임이 김현에게 그날 문제되었던 것임에 틀림없었다. 김현은 내게 반항한 게 아니었던 것이다. 김현은 자신의 동성 연인에게 '가오'를 세우고자 함이었던 것이다.

그걸 알고 나자 나는 돌연 미안한 마음이 들었다. 머쓱해졌다. 실제로 김현은 다음 시간부터 자신이 지닌 야성을 거세한 채로 내게 친근함을 표하기도 했던 것이다. 나는 너무나 전형적이고 거친 방식으로, '교사-학생', '성인-미성년'이라는 프레임을 설정했고 그래서 "네가 감히 내게"라는 사고 작용을 당연한 듯 거쳤는데 그것이 쪽팔렸다. 무안했다. 미안했다. 숙연해졌다. 얼마나 힘들까, 넌. 소수의 성 정체성을 지닌 사람으로 이 보수적인 공간을 살아가는 건.

"뚫어 줘"라고 말하는 홍민영

홍민영은 고1때 우리 반이었다. 우리 사이에 강희애가 없었다면 아마 나는 홍민영과 1년 내내 말 한마디 섞을 일이 없었을 것이다. 그녀에게 대놓고 물어본 적은 없었지만 아마도 홍민영은 나처럼 성적에 연연하고 공부 잘하는 것 외에는 별다른 매력이 없는 부류를 경멸하는 사람이었으니까.

홍민영과 말 한마디라도 섞을 수 있었던 건 강희애 덕분이었다. 지금도 미스터리인데 밥 먹을 때 "쩝" 소리 한 번 안 내고 마치 신화 속 여신이 이슬 마시듯 우아하게 도시락을 먹던 강희애가 어떻게 고1때 내 친구였는지 모르겠다. 노는 언니 김신혜도 내게 편지를 쓰고 간식을 챙겨 주던 다정한 짝이었다. 생각해 보면

고1 때는 납득되지 않는 인간관계가 많았다. 한편 최고의 절친을 만난 것도 그 무렵이다. 그때 사귀었던 친구들은 하나같이 개성이 뚜렷하고 매력적인 인품을 지녔는데 나는 운이 좋게도 그런 친구들과 조금 가까이 또는 아주 가까이 지냈다. 그 와중에 콧대 높고 냉소적이면서도 정의로우며 자기가 택한 사람에게는 한없이 부드럽고 친근했던 홍민영과도 어쩌면 친구가 될 뻔했다. 이런 따뜻한 고1 시절이 있었기에 그 후에 이어질 고2, 고3 때의 극심한 암흑기를 견딜 수 있었던 것 같다.

홍민영은 공부에 연연하는 자들을 경멸했지만 그 자신은 꽤 우등생이었다. 전교권이 아니었을 뿐이지 반에서 5등 안에는 들 정도였던 것 같다. 하지만 그녀의 영혼은 늘 다른 곳에 있었다. 애들이 신승훈 등 국내 발라드 가수의 가사를 흥얼거릴 때 홍민영은 뉴에이지를 들었다. 듣기만 하는 게 아니라 악보를 연구하기도 했다. 나는 그녀 앞에서는 늘 주눅이 들곤 했다. 그땐 그 이유를 몰랐는데 지금 생각해 보면 내가 그녀의 이국적이고 고급스러워 보이는 취향과 아우라를 동경했기 때문이었다. 그리고 나는 다시 태어나지 않는 한 저런 분위기와 매력을 갖출 수 없을 것이라는 직감이 있었기 때문이었을 것이다. 층 없이 쭉 뻗은 약간 긴 단발은 윤기가 흐르는 생머리였는데 그녀가 고개를 약간 숙이면 그 생머리가 45도 앞으로 착 쏠렸다. 그 모습이 어찌나 지적이고 지조 있어 보이던지.

홍민영은 전형적인 미인이라고는 볼 수 없었다. 하지만 나는 그녀의 아슬아슬한 외모가 풍기는 이국성, 긴장감에 매료되었다. 예를 들어 콧대가 높고 콧날도 꽤나 날렵했지만 콧방울에 살이 많이 몰려 있는 편이었는데 이 불균형감이 주는 긴장감이 참 좋았다. 창백할 정도로 흰 피부와 무뚝뚝해 보이는 굳게 닫힌 입술은 낯설면서도 호기심을 유발하는 뭔가를 지니고 있었다. 미인인 듯 미인 아닌 미인 같은 너.

홍민영이 캐논 변주곡을 연구한다기에 나도 얼른 캐논 변주곡 피아노 악보를 구해서 한동안 그것만 연습했다. 조지 윈스턴의 〈Thanks giving day〉도 좋았다. 어렸을 때부터 피아노를 배웠던 나는 자연스럽게 클래식 등 연주곡에 관심이 많았지만 당시 고교생들은 주로 가사가 있는 팝이나 가요에 열광했다. 클래식 연

CHAP. 5

주곡들이나 영화 음악 OST 피아노 악보를 연습하는 나 자신에 우쭐했던 내게 홍민영이 열어 준 뉴에이지의 세계는 큰 충격이었다.

그녀 때문에 알게 된 음악이 주는 서늘한 모던함에 전율했다. 그리고 그것을 알게 해 준 홍민영이 존경스러웠다. 그녀는 아무렇지도 않게 강희애 등 자신의 무리 속에 섞여서 뉴 에이지에 대해 논했다. 클래식을 좋아했지만 가요에 열광하는 애들 앞에서 절대 "난 클래식이 좋더라."라고 재수 없게 들릴 게 뻔한 말을 꺼내지 못하는 나와 달리, "뉴에이지를 듣고 있어." 하고 담담하게 말할 수 있는 홍민영이 대단하게 생각되었다. 지금도 그렇지만 그때 나는 내용과 형식(태도)의 괴리에 대해 고민했고 답을 내지 못했다. 홍민영의 커뮤니케이션 방식은 아직 미숙했던 내게 영감을 주지는 못했고 그저 동경심만 유발했다. 저런 말을 저렇게 할 수도 있다니 부러웠다.

홍민영은 공부를 포기하고 대놓고 노는 애들처럼 패션지를 들춰 댈 때도 전혀 경박해 보이지 않았다. 하루는 홍민영이 강희애한테 "나, 이거 뚫어 줘."라고 말하는 것이 들렸다. 어떤 사진이 맘에 들어서 그 잡지 주인인 강희애한테 그걸 오려 달라고 부탁하는 거였는데 '오려 줘'가 아니라 '뚫어 줘'라고 했던 것이다. 그런 식이었다. 홍민영은 구질구질하게 설명을 늘어놓는 게 아니라 대부분 단문 중심으로 말했는데 그날이 절정이었다. 그 '뚫어 줘'라는 말이 어찌나 모던하게 들리던지 나는 얼음처럼 그 자리에서 굳어 버렸다. 세상은 '뚫어 줘'라고 말하는 부류와 그렇지 않은 부류가 있고 나는 후자에 속해 있다는 자괴감에 휩싸였다.

'오려 줘'라고 하면 비굴한 느낌이 들고 잡지 주인인 친구에게 부탁 내지 구걸하는 것이 되어 버리는 반면 '뚫어 줘'라고 하니까 아주 당당하게 들렸다. 지금 생각해도 알 수 없다. 홍민영은 어째서 '뚫어 줘'라고 말한 걸까. 그리고 그 말을 들은 강희애도 '알았어'라고 담담하게 대답했던 것 같다. 그런 멋진 대화에 주눅이 들어서 나는 결국 홍민영과는 친구가 되지 못했다.

목표를 이루기 위해서 고군분투하면서 성적 올리는 데 급급하던 나 자신이 굉장히 초라하게 느껴졌다. 그 느낌이 싫어서 홍민영을 점점 멀리했다. 멀리했다고 하기엔 가까운 적도 없었지만. 홍민영과 친해지려고 노력하고 싶기도 했지만 만약 그렇게 된다면 나 자신을 완전히 부정해야 될까 봐 두려웠던 것 같다. 두렵기만 했던 건 아니고 실은 나는 나 자신의 모습에 도취되어 있기도 했다. 애증 병존의 자아 형성기 '덕'인지 '탓'인지 나는 홍민영과 교집합을 형성하지 않았다.

하지만 몇 십 년 전의 열일곱 소녀가 무심코 내뱉었던 "나 이거 좀 뚫어줘." 하는 목소리가 지금도 귀에 생생하다. 가끔 홍민영을 떠올리게 하는 학생을 만날 때가 있다. 그럼 나는 그녀(그)가 학생이라고 할지라도 경외심이 든다. 십대에 담담하게 '뚫어 줘' 같은 자신만의 개인어를 세상을 향해 던질 수 있다는 것에 대해서 말이다.

대한민국 1%
하성희

하성희는 학기 첫 주 청소 시간에 내 눈에 확 들어왔다. 한눈에 보기에도 고등학생은커녕 초등 고학년 정도로 보일 만큼 작고 가냘픈 몸매에 동안이었다. 그저 다른 아이들처럼 비질을 하고 있을 뿐이었는데도 안쓰러워 보였다. 귀여운 외모와 상충되는 무표정하고 약간은 어두워 보이는 얼굴이 더욱더 하성희를 기억에 남게 했다. 학기 초가 지나고 숨을 고르며 아이들을 개별적으로 파악하기 시작한 4월, 면담을 하던 중에 하성희의 부모님이 모두 변호사임을 알게 되었다. 부모님이 언제나 바쁘시다는 하성희는 성적도 좋지 않고 체구가 눈에 띄게 작았다.

하성희가 이렇게 신체적으로도 발달이 늦고 집중력도 떨어지고 감정 표현도 풍부하지 않은 것이 어쩌면 바쁘고 잘난 부모님과의 상호 작용이 유년기와 성장기에 부족해서가 아닐까 하는 추측을 해 보았다. 엄마까지 변호사라면 늘 바쁘실 테지. 아이의 이야기를 들어줄 시간이 부족했을 가능성이 크다. 나라도 충분히 이야기를 들어주자. 뭐, 그런 식의 달콤하고 말랑한 마음 상태였다고나 할까.

나의 그런 달콤함과 말랑함은 얼마 가지 않아 진정성 없는 '알량함'과 '안이함'인 것으로 드러났다. 하성희는 학기 초의 긴장 상태가 풀리자 조금씩 몸을 풀었는데, 그 앳되고 늦되어 보이는 얼굴 근육이 움직이자 '무서운 언니'의 자태를 선보였다. 그리고 나는 그것에 자비심을 발휘하기는커녕 부르르 전투 태세에 돌입했기 때문이다. 가령 다른 수업 시간에 대놓고 잠자다가 지적받아 나에게 넘겨져 오면 아주 피곤하고 귀찮아 죽겠다는 표정으로 45도 아래로 시선을 내리깔았다. 그러고는 감정이 실리지 않은, 작지만 뼈 있는 목소리로 "아, 뭐요? 좀 졸렸어요." 하는 식이었다. 하성희가 나나 다른 교사에게 걸리는 이유는 대단찮은 것이었다. 흡연, 절도, 폭력, 부정행위 같은 '강력 사건'이 아니라 그저 수업에 상습적으로 늦는다거나 등교 시간이 점점 늦어진다든가 가끔 청소 시간에 도망간다든가 하는 평범한 '경범죄'였다.

그녀를 보면서 내용(콘텐츠, 메시지)과 형식(애티튜드, 매체)의 관계에 대해 몰두하게 되었다. 우리는 오랜 세월 내용이 중요하고 '형식'이란 내용을 좀 더 돋보이게 하거나 잘 전달하기 위해 존재하는 배경이라고 생각해 왔다. 스티브 잡스가 나타나 형식이 내용이라고 역설하기 전까지 우리는 '형식을 과감히 깨고', '형식에 사로잡혀', '형식적 절차 때문에' 등속의 관용 어구에서 잔뼈가 굵어진 '형식'에 대한 폄훼를 무의식속에 간직해 왔다.

하지만 무엇보다 커뮤니케이션에서 형식은 내용을 지배한다. 매체가 메시지를 압도한다. 그 남자가 다이아몬드 반지를 내게 주는 것도 중요하지만 그것을 전달하는 맥락과 방식이 때론 더 중요하기도 하다. 어떤 여자도 다이아몬드 반지를 검은 비닐봉지에 받고 싶지는 않을 것이다. 하성희의 잘못은 내용이 아니라 형식에 있었다. 사소한 잘못을 담임 앞에서조차 대수롭지 않게 여기는 그 귀찮다는 식의 태도, 냉소적인 표정이 나는 큰 문제라고 생각했다.

하지만 나만 느끼는 것일 수도 있으므로 좀 더 기다려 보기로 했다. 그런데 다른 수업 시간에도 마찬가지였는지 여러 선생님들이 하성희의 태도 문제를 지적했다. 학급 아이들 역시 그녀의 행위 자체보다는 그 뒤에 따라오는 그녀 특유의 상대를 내리까는 듯한 '태도'에 치를 떨었다. 혹시 내가 모르는 어떤 문제가 있는 것은 아닐까. 하성희의 어머니께 전화를 걸었다.

느낌이 매우 좋지 않았다. 하성희의 어머니는 아주 부드럽고 우아한 목소리로 "네, 네…… 아…… 우리 성희가 좀 그렇죠? 저도 알아요. 힘드시죠?"라고 했다. 그 비단결같이 다듬어진 목소리는 하성희와는 정반대의 것임에도 불길한 느낌을 주었다. 어머니는 우아하기는 하지만 사무적이기도 한 짧은 응대 후 내교하겠다고 했다.

하성희의 어머니는 목소리보다 모습이 더 우아했다. 호감을 주는 부드러운 미소를 띠며 하성희의 어머니는 내 자리로 왔다. 어머니는 자리에 앉아 "선생님 안녕하세요?" 하고 인사를 하자마자 핸드백을 열더니 허연 종이봉투를 꺼내셨다. 지폐가 몇 십 장 들어 있는지는 모르겠지만 아주 두툼한 흰 봉투였다. 너무 실망스러워 다리 힘이 쫙 풀리는 기분이었다. 어머니께서 내미는 그것을 그대로 핸드백 속에 넣어 드리며 나는 하고 싶었던 얘기를 꺼냈다. 어머니는 민망해하면서 내 말씀에 귀를 기울였다. 하지만 별 도리가 없다고 하셨다.

몇 달이 지나 하성희의 엄마가 다시 학교에 찾아오셨다. 이번엔 하성희를 유학 보내기 위해 담임 추천서를 부탁하기 위해서였다. 학생의 인성과 생활 태도에 대한 자세한 질문을 담은 그 영문 추천서를 나는 성실하게 작성했다. 가급적 나의 감정은 배제한 채로 쓰려고 했지만 없는 말을 지어서 쓸 수는 없으므로 객관적으로 작성하였다. 어머니는 전화를 걸어 정중하고 우아한 목소리로 제발 다시 좋게 좀 써 줄 것을 부탁해 왔다.

나는 하성희가 유학을 가지 않길 바랐다. 이런 상태에서 다른 나라에 간다면 하성희는 어떻게 될 것인가. 그러나 유학이 결정 나기 전에 한 번도 나에게 사전에 상담 말씀을 구한 적이 없고 모든 것이 다 결정된 뒤 추천서를 빨리 써 달라고 요청을 한 것이어서 나로서는 뭐라 말할 수 있는 처지와 단계가 아니었다. 모든 가정마다 상황과 사정이 있고 특수성이 있으므로 함부로 속단하면 안 되지만 이 경우는 모든 것이 참 안타까웠다. 솔직한 내 마음을 털어놓는다면, 아이가 걸리적거리니까 치우는구나 하는 것이었다. 여기서도 기본적인 소통 기술과 인성이 다져지지 않은 아이가 다른 나라로 갔을 때 부모로부터 팽 당한다는 생각을 가지게 될 가능성이 많지 않을까 하는 생각도 들었다.

그 후로 하성희가 어떻게 되었는지는 모르겠다. 그 귀엽고 반짝이는 눈에 냉소를 가득 담고서 섬찟할 정도로 냉랭하게 나를 노려보곤 하던 하성희, 나에게만 그런 눈빛이 아니라 세상에, 어른들에게 그런 눈빛을 뿜어내는 것임이 분명하기에 화보다는 안타까움을 불러일으켰던 하성희, 조건으로만 본다면 대한민국 1%의 집안에 든 하성희는 몇 퍼센트의 행복을 느끼며 살고 있을까. 하성희를 생각하면 서늘해졌다. 그때만 해도 나는 아이도 없었고 젊었기에 지금보다 훨씬 이해의 폭이 좁았다. 나 따위가 짧은 시간 내에 바꿀 수 있을 것 같지 않은, 차갑게 뭉쳐진 그녀의 냉소에 몸이 시렸다.

지금도 그런 생각이 든다. 아이를 정말 바꿀 수 있는 것은 '교육기관'이 아니라 '가정'이 아닐까. 진짜 선생님은 부모가 되어야 하는 게 아닐까. 부모가 바꾸지 못한 아이를 일주일에 몇 시간씩 만나는 교사가 바꿀 수 있을까. 인간이 그렇게 단순한 존재일까.

하성희 같은 학생과 학부모를 몇 차례 집중적으로 경험하다 보면 교사는 그런 허무주의에 빠지게 된다. 다행히 "저희 아이가 선생님을 만나서 달라졌습니다." 하는 경우도 있다. 똥과 꽃이 한 공간에 있으면 희한하게 꽃 냄새가 나는 게 아니라 똥 냄새가 난다. 꽃밭에 똥 한 덩어리만 떨어져 있어도 거기는 꽃밭이 아니라 똥이 뒹구는 몹쓸 곳으로 기억된다. 그런데 신기한 건, 하성희 같은 학생들을 더 자주 경험하는 것이 교사의 운명임에도 아주 가끔, 거의 십 년에 한두 번쯤 그와 반대되는 학생을 만나면 그 약발이 정말 세다. 꽃이 똥을 이기는 황홀한 체험을 하게 된다. 나도 누군가에게는 꼭 필요한 소금이구나 하고 위로받

는 것이다.

그 아이는 바뀌어야 했다. 나는 그 아이에게 누군가의 도움이 필요하다는 것을 알았다. 하지만 아무래도 그 아이를 좋아할 수 없었다. 내가 사랑하지 않는 학생은 나로 인해 아무것도 바뀌지 않는다. 창피했다. 교사라는 자리, 부모라는 자리는 백전백패하게 되어 있다. 학생일 때, 자식이기만 할 땐 학생과 자식이 약자라고 생각하지만 자신이 교사나 부모가 되면 깨닫게 된다. 그 자리가 얼마나 심리적으로 나약한 자리인지를. 부모와 선생은 결국 자식과 학생에게 힘겨운 고해 성사를 하게 되어 있다.

성희야, 미안하다. 실은 그때 내가 널 사랑하지 않았다. 나마저도 너에게 사랑을 주지 않아서…… 미안하구나…….

아들 판타지를 불러일으키는
김준호

그해 내가 왜 1학년을 맡게 되었는지는 기억나지 않는다. 아마도 연속 몇 년간 같은 학년을 담당할 수 없다는 내규 같은 것 때문이 아니었을까. 그때까지 나는 고1 〈국어〉를 웬만하면 안 맡으려고 발버둥을 쳐 왔다. 그 이유는 동료 교사들에게는 오랫동안 비밀이었는데 정철의 「관동별곡」을 가르치기 싫어서였다.

설득에서 가장 우선시되어야 할 것은 '자신을 설득하기', '자기가 먼저 감동하기'이다. 가끔, 자기는 좋아하지 않지만 팔아 치우기 위해서 어쩔 수 없이 물건을 판매하는 판매원을 만난다. 눈의 미세한 떨림, 사용하는 단어, 어조 등을 통해 나는 그것을 알 수 있다. 이 사람이 정말 이 제품의 장점을 알고 나를 설득하는

지 아닌지를.

교육이란 일종의 설득이다. 국어 과목처럼 문학 작품을 다루는 경우 특히 그러하다. 화자가 느낀 감동에 교사 자신이 아무런 감흥을 느끼지 않으면서 표현 기법을 가르치고 여정을 설명하다 보면 지루함을 참을 수 없는 수업이 되고 만다. 그것은 사랑하지 않는 남자와 잉꼬부부 행세를 하며 사람들 앞에 나서는 것만큼이나 고통스러운 일이 된다. 모든 거짓말이 그렇듯 잠깐 동안 많은 사람을 속이거나 공들여 한 사람을 오랫동안 속일 수는 있겠지만, 많은 사람을 오래, 완벽하게 속일 수는 없다. 수업도 그렇다. 아이들은 선생이 이 작품을 좋아하지 않는다는 사실을 귀신같이 알아차린다. 길이가 짧은 시의 경우 나는 아이들을 효과적으로 속이기도 한다. 고난도의 연기가 필요하긴 하지만 일단 길이가 짧기 때문에 가능하다. 하지만 길이가 긴 가사 작품의 경우 나에겐 연기력이 부족하다.

나는 중년의 남자 공무원이 자신이 맡은 지방을 뿌듯한 마음으로 순례하는 「관동별곡」의 여정과 정서에 1%도 공감하거나 감동을 느낄 수 없었다. 고등학생 때 처음 그 작품을 접했을 때부터 지금까지 쭉. 그러니 그 작품을 십대의 혈기 방창하고 맑고 가벼운 피가 흐르는 고1에게 가르치는 일만큼은 무슨 일이 있어도 피하고 싶었다. 성인인 나도 이런데 십대 청소년이 대체 무슨 수로 이 작품에 공감할 수 있을까 하는 생각이 들었다. 물론 이런 식의 관점은 학생을 마치 주관이 없는 백지로, 교사는 그 백지에 모든 것을 불어넣는 전지전능한 존재라도 되는 듯이 보는 것으로서 시대착오적인 발상일 수도 있다. 학생은 내 감동이나 내 입장과는 독립적으로 자신만의 감동을 느낄 수도 있을 것이다. 하지만 경험적으로 「관동별곡」 같은 이질적인 시대의 작품에 청소년이 스스로 진정한 감동을 느끼는 것을 본 적이 없었기에 나는 늘 두려웠다.

어쨌든, 교직 생활 최대 위기가 될 그해에 나는 「관동별곡」을 가르칠 수밖에 없게 되었고 고1 담임도 맡게 되었다. 고등학생 자녀를 두지 않았거나 고등학교 교사가 아닌 사람은 아마 고1과 고2의 차이를 잘 느낄 수 없을 것이다. 하지만 고1과 고2의 차이는 그야말로 하늘과 땅 차이라고 할 수 있다. 애 엄마 버전으로 말해 보자. 고1이 신생아라면 고2는 돌잔치 끝낸 아이다! 인간이 어떻게 1년 만에 그렇게 급변할 수 있는지 놀라울 따름이다. 고2가 제법 어른스러운 데 반해 고1은 고등학교 교복을 입은 중학생 상태로 입학을 한다. 그해 내가 만난 1학년 10반 역시 그러했다. 특히 남자아이들은 사람 옷을 잠깐 훔쳐 입은 천방지축 원숭이들 같았다.

나는 중학교 교사들에게 무한한 존경을 느끼며 아이들과 하루하루를 보냈다. 이렇게 말하니까 학교생활이 매우 고되었다는 식으로만 들리지만 실은 재미있는 일도 많았다. 천방지축 원숭이들이니 얼마나 웃기는 짓을 많이 했겠는가. 인간이라면 할 수 없는 짓들을 연속하고 반복하는 고1 원숭이들은 내게 큰 웃음과 활력도 선사했다. 특히 김준호는 아주 바람직한 원숭이였다. 아니 준호는 바람직한 원숭이라기보다는 원숭이 흉내를 잘 내는 귀여운 남자아이였다. 당시에 나는 완고한 딩크족이었는데도 불구하고 김준호를 보다 보면 '저런 아들을 낳는다는 확률이 100퍼센트라면 아이 낳는 일을 좀 고려해 볼 수 있겠어.' 하는 생각이 들 정도였다.

윤이 반들반들 나는 반삭의 머리통에 손을 가까이 대 보면 열기가 뿜어져 나오지 않을까 싶었다. 동그랗고 단단한 김준호의 얼굴에는 눈 코 입이 적절한 비율로 배치되어 있었고 갈색의 피부는 남자아이만이 줄 수 있는 '건강함'을 자연스럽게 발산했다. 모든 것이 잘 갖추어져 있고 인생의 앞날이 고속도로처럼 쭉 뻗은 그런 사람의 어린 시절을 보고 있는 듯한 기분이라고나 할까. 김준호는 공부도 잘하고 인간관계도 좋고 스포츠도 즐기는데다 집안도 유복한 미국 사립 고등학교 학생의 이미지를 갖추고 있었다. 아니, 이미지만 그런 것이 아니라 실제로 그러했다.

수업 시간에 모르는 것이 있으면 아무렇지도 않게 근본적인 것에 관해서도 거리낌 없이 질문을 했다. 요즘 고등학생들은 모르는 것이 있어도 다른 아이들의 시선을 의식해서 질문을 잘 하지 않는다. 자꾸 질문을 해 대는 것은 요즘 고등학생들 사이에서 전혀 멋있어 보이지 않기 때문이다. 하지만 김준호의 경우 그것이 아주 자연스러워서 동급생 중 아무도 '범생이가 드럽게 잘난 척하네.' 하는 식으로 여기지 않았다. 행동 자체만으로 본다면 상당히 유별난 짓을 할 때조차도 김준호가 하면 지극히 당연하고 합당하게 느껴졌다. 그에게는 그런 긍정적인 기운이 있었다. 여자 앞에서 코 파는 걸 들키고도 "헤헤…… 더러운 짓해서 미안해. 못 본 걸로 해 주면 안 돼?" 하고 귀엽고도 당당하게 얘기할 수 있는 그런 종류의 아이였다.

즉, '양의 기운'이 고루 분산되어 있는 기분 좋은 사람이었다. 김준호가 수줍은 표정으로 시작해서 활짝 꽃이 피듯이 웃는 것을 보면 하루의 피로가 싹 가시는 느낌이 들었다. 김준호는 불만스러운 것도, 의문스러운 것도, 기분 좋다는 말도 그 어떤 말이라도 스스럼없이, 공격적이지 않게, 친밀하고 당당하게 그렇게 할 줄 아는 의사소통의 대가였다. 이 아이를 좋아하지 않을 사람이 있을까 싶었다.

1학기까지만 김준호를 봤다면 나는 이와 같이 화사한 추억만을 간직하고 있었을 것이다. 하지만 김준호에 관한 기억에는 1부와 2부가 있다.

2학기가 되자 김준호는 이른바 '사춘기의 절정'이란 무엇인지를 역력히 보여 주기 시작했다. 그렇게 바람직하고 완벽해 보였던 김준호는 2학기가 되자 마치 다른 영혼이 빙의되기라도 한 듯 하루가 멀다 하고 막돼먹은 짓을 일삼기 시작했다. 처음에는 내가 담임이라서 그런 줄 알았다. 담임이란 말하자면 시어머니 같은 자리이다. 대통령 같은 자리이다. 현실적으로 존재론적으로 모든 사람을 만족시킬 수 있는 자리가 아니며, 좀 더 솔직히 말하자면 모두가 공격하기 딱 좋은 자리이다. 그 점을 알고 있었기에 그냥 하루하루 넘어갔는데 알고 보니 거의 모든 시간에 그런 막돼먹은 짓을 한다는 것이었다. 안 되겠다 싶어 어머니께 전화를 드렸다.

1학기 때 김준호를 보면서는 '어떤 엄마인지 참 복도 많다. 저런 아들을 두었다니.' 하면서 어머니가 어떤 분일까 궁금했었는데, 전화를 받는 태도가 예상 밖이었다. 내가 말하는 모든 문장의 끝 10퍼센트 정도를 자르면서 "네네." 하면서 거칠게 받아쳤고 아들의 학교생활에 문제가 있다는데도 전혀 놀라거나 당황해하거나 미안해하는 기색이 없었다. 이런 태도를 보이는 학부모는 대체로 자녀가 오랜 세월 속을 썩여 왔거나 가정사가 (특히 경제적으로) 매우 어려운 경우이다. 하지만 김준호의 어머니의 경우 그런 상황이 아닌 것 같아서 오히려 내가 당황스러웠다. 더욱 놀라운 것은 며칠 뒤 김준호가 조회 끝난 뒤 쭈뼛쭈뼛하며 나를 따라와 내민 물건이었다. 김준호는 무지막지하게 큰 백화점 쇼핑백을 건네며 "선생님, 엄마가 이거 선생님께 드리래요."라고 했다.

나는 약간의 구토감을 느끼며 준호와 쇼핑백을 돌려보냈다. 아주 잠깐이었지만 김준호의 얼굴에 놀라는 표정이 스쳤다. 그 당황스러워하는 표정은 그리운 '1학기 김준호'의 표정이었다.

김준호와 김준호 어머니를 겪으면서 처음에는 화가 났는데 차츰 슬퍼졌다. 김준호가 안타깝기도 했다. '김준호가 다른 집에서 태어났다면' 하는 생각마저 들었다. 한편으로는 나도 함부로 아이를 낳으면 안 되겠구나 하는 생각이 들었다. 아이를 올바르게 키우는 일이 아무나 할 수 없는 일로 여겨졌다. 김준호로 인해 잠시 피어올랐던 '아들 판타지'와 '딩크족에 대한 회의'는 이렇게 허무하게 사라져서 나는 그 후로도 꽤 오래 아이 없이 살았다.

그 유감스러운 어머니 아래서 자랐을 김준호는 지금 어떤 사람이 되어 어떤 일을 하고 있을지. 심신이 고르게 조화를 이루고 있던 1학기의 그 멋진 김준호의 어른 버전이 되어 있을까, 아니면 막돼먹은 명문대 수재가 되어 있을까.

백 퍼센트의 여자아이
황미애

좋든 나쁘든 모든 '처음'은 기억에 오래 남게 마련이다. 황미애는 내 첫 담임 반의 반장이었다. 교직에 쉽게 들어온 게 아니기에 나는 학교에서 겪는 하나하나에 감지덕지하고 모든 것을 소중히 대했다. 특히 첫 담임을 맡는다고 생각하니 첫날밤보다 더 떨렸다. 나에게 '아이들'을 주시는구나. 비로소 진짜 교사가 된 것 같았다. 내 재량을 발휘할 수 있는, 내가 책임질 아이들이 40명이나 생긴다니! 애인이 한꺼번에 40명이라도 생기는 것처럼 상상이 안 되고 설렜다.

실제로 아이들을 만나 보니 상상 이상이었다.

아.

잘해 줘야지.

예뻐해 줘야지.

'니 손에 물 한 방울 안 묻히겠다'고 약속하는 통속 드라마의 청혼남보다 더욱 결의에 차서 아이들을 사랑했다.

보통은 이러다가 〈하지만 생각처럼 그리 녹록치는 않았다〉가 오게 마련이다. 이십대의 새파란 신규 교사가 반을 제대로 꾸려 나가기란 굉장히 어렵기 때문이다. 대개는 머지않아 "힘들어요!"를 외치게 마련이다. 교생 실습 나갈 때도 첫 주에는 기운찬 슈퍼맨, 정의로운 배트맨의 정서로 충만하지만 시간이 지날수록 자신이 명백한 루저임을 확인하게 되는 것처럼 말이다.

그러나 나에게는 〈하지만〉이 없었다. 그때는 처음이어서 몰랐는데 지금 생각해 보면 그런 반은 죽을 때까지 한 번 만나기도 어려운 반이었다. 아이들은 쾌활했고 학습에 대한 열의도 대단했다. 무엇보다 황미애가 반장이 되었다는 것이 나에게는 크나큰 축복이었다.

황미애는 자타 공인 '공부 빼고 만능'인 여자아이였는데, 나는 황미애의 추진력을 지켜보면서 '저 애를 내가 학생 때 만났다면 어땠을까?' 하고 생각하곤 했다. 조용하고 공부밖에 몰랐던 나는 아마 다재다능하며 에너지 넘치고 온몸으로 매력을 발산하는 그녀와 가까워지지 못했을 가능성이 많다. 하지만 나는 학부 졸업 후 몇 년 만에 교직 입문에 성공하여 자신감으로 충만해 있었으며 신혼의 단꿈에 그야말로 푹 절어 있었기에 잠시 이전의 나와는 다른 인간인 상태였다. 황미애는 나를 믿고 따랐으며 나에게 잘 보이기 위해 애썼다. 나는 어쩌면 황미애의 매력에만 홀린 것이 아니라 황미애에 의해 재해석된 나의 모습, 그녀 눈에 투영된 제 2의 나, 매력적인 여선생이라는 이미지에 더 홀렸던 것인지 모른다. 황미애와 이야기를 하고 있다 보면 마치 내가 굉장히 유능한 젊은 여교사처럼 느껴졌던 것이다. 물론 상대방으로 하여금 그런 느낌을 가지게 하는 것이야말로 최고의 정치적 능력이다. 황미애는 그걸 가지고 있었다.

그녀는 학업에는 별 관심이 없었지만 리더의 최고 자질인 〈자신보다 유능한 사람을 능란하게 쓰기〉에 탁월한 능력을 발휘했다.

10년쯤 동네 통장을 맡아 온 여자처럼 황미애의 친화력은 대단했다. 자신과 개인적으로 그다지 친하지 않은 우등생이라 하더라도 황미애는 "야, 너 영어 1등이잖아. 너만 할 수 있는 일이야. 이거 답 좀 불러 줘 봐." 하는 식으로 부탁했다. 그러면 1등은 우쭐해서 기꺼이 답을 불러 주는 수고를 자처했다. 내가 가끔 조회에 늦게 들어가는 날이면 자기가 알아서 교탁에 서서 정숙 지도를 했다. 앞문으로 들어가기 전 잠깐 그 광경을 지켜보노라면 감동이 밀려왔다. 아, 능력자.

교사가 아닌 학부모가 학교 교실을 몰래 엿본다면 아마 깜짝 놀랄 것이다. 자신이 어렸을 때와는 사뭇 다른 풍경이 펼쳐지기 때문이다. 특히 학급 임원의 역할에 엄청난 지각 변동이 일어난 것에 놀랄 것이다. 현재 삼십대 이상인 성인의 학창 시절에는 누구나 학급 임원을 꿈꾸고 질투하고 존경했다. 거기에 상당한 권력이 주어졌기 때문이다. 하지만 이제 교실 문화의 핵심은 '수평'이다. 따라서 반장이 되었다고 해서 그가 학생들을 통제하거나 어떤 목표를 손쉽게 달성하기란 굉장히 어렵다. 그것을 너무도 잘 알기에 나는 반장에게 무리한 부탁은 하지 않는다. 과거의 학교 문화에서라면 전혀 무리한 일이 아니더라도 현재의 학교에서는 그것이 반장에게 크나큰 부담이 될 수도 있기 때문이다.

하지만 황미애는 달랐다. 그녀가 반장 노릇 하고 있는 것을 보니 추억이 방울방울 밀려올 지경이었다. 이게 대체 21세기 교실을 보고 있는 것인지 과거 여행을 하고 있는 것인지 알 수 없었다. 놀라웠다. 그녀는 심플하게, 때로는 명령조로 말했는데 신기한 것은 그녀가 그런 화법을 구사한다는 것보다 그 말에 애들이 착착 움직인다는 것이었다. 그래서 나는 황미애 일진설을 들이대 보기도 했다. 그래, 이것은 일진만이 할 수 있는 일이야. 이건 정당하고 합리적인 리더십이 아니라 어둠의 힘의 작용일 수 있어. 하지만 알아본 바에 의하면 그것도 아니었다. 황미애의 힘차면서도 유머러스하고 융통성 있으면서도 살아 있는 말과 원칙들은 아이들을 사로잡았다. 나는 내 학창 시절을 통틀어 보아도 전혀 보지 못했으며 그 이후로도 만날 수 없을 리더의 전형을 보았다.

약간 통통하고 건강미 넘치는 체격의 황미애는 자신을 꾸미는 일에도 관심이 있었다. 미니스커트를 입고 운동화를 신은 채 긴 생머리를 날리며 운동장을 열 바퀴쯤은 거뜬히 돌 수 있을 것만 같은 〈백 퍼센트의 여자아이〉였다. 나는 학생으로서가 아니라 한 인간으로서 황미애를 존경했고 아꼈다.

황미애를 기억할 수밖에 없는 인상적인 사건은 스승의 날에 일어났다. 그날은 남자에게 처음 프러포즈를 받은 날보다 더 소중하고 감동적인 날로 내 개인사에 각인되어 있다. 훗날 내게 스승의 날은, 일면식도 없는 시댁 조상들의 기일보다 더 멀미가 나는 날이 되고 말았기에 더욱 각별하다.

교실에 들어갔더니 황미애가 좌측에 서서 진행을 시작했다. 칠판 위쪽엔 풍선이 아낌없이 달려 있었고 칠판 안은 예쁜 분필 멘션들로 가득했다. 황미애의 안내에 따라 나는 교탁으로 모셔졌다. 뭔가 그 분위기는…… 이미 정교하게 계획되고 연습된 것임을 알 수 있었다. 나는 달착지근한 예식에 몸을 맡기며 황미애가 하는 대로 따랐다. 황미애는 식순을 준비했다. 모두 기립을 시키더니 TV를 켰다. 어떻게 준비를 했는지 스승의 날 노래 가사와 음원이 흘러나왔다. 스승의 날 가사를 모르는 아이들은 없겠지만 그런 기자재 준비가 이 행사를 더욱 스페셜한 공적 행사로 격상시켜 주었다. 교탁에는 주문 제작된 삼단 케이크가 놓여 있었다. 초콜릿으로 내 이름이 새겨진 스승의 날 케이크였다.

아이들이 앉고 황미애는 스승이 얼마나 소중한지에 대한 짧은 글을 낭독했다. 이런 건 사실 듣기만 해도, 상상만 해도 손발이 쫙 오그라들지 않는가. 하지만 전혀 그렇지 않았다. 예행연습을 몇 차례 했음이 분명했다. 아이들은 일사분란하게 움직였으며 황미애는 진지하고 빈틈없이 식을 진행했다. 그래서 나는 손발이 오그라드는 대신 '감동'을 했다.

더욱 놀라운 것은 아이들이 조를 짜 책상 배열을 하고 자기들이 먹을 간식도 맞춰 준비했다는 점이었다. 너희들을 어찌 해야 하니! 나는 황미애와 아이들의 경쾌한 발상에 기분 좋은 망치로 한 대 맞는 느낌이었다. 식(!)이 끝나고 선물 전달식을 거친 뒤 내가 이 케이크를 어떻게 자르면 좋을까 묻자 황미애는 아이들이 간식을 먹는 풍경을 가리키며 "케이크는 선생님 것이죠!"라고 했다.(김영란법이 발효된 요즘, 아이들의 이런 호의를 덥석 받았다간 법률 위반 본보기로 보기 좋게 걸릴 것이다.)

사실 경력이 일천한 신규 교사에게 '스승' 운운하는 것은 피식 웃음이 나오는 일이다. 신규 교사는 제아무리 학벌이 좋고 인품이 고매하다고 해도 존재론적인 한계가 있을 수밖에 없다. 아무리 좋은 품성을 지녔더라도 아이를 낳자마자 훌륭한 엄마가 되기는 어려운 것처럼 말이다. '경험의 역치'란 것이 있다. 어떤 직업이든 마찬가지겠지만 어느 정도 노하우가 쌓이려면 최소한 10년은 한 직종에 종사해야 한다. 그런데 재미있는 것은, 그때와는 비교할 수 없을 만큼 노련해진 지금보다 서툴고 뭘 모르던 그때의 내가 더 아이들과 행복했다는 사실이다. 내가 교직 전문성에서 '아이들에 대한 사랑' 운운하는 것에 가장 몸을 부르르 떨어도 이 사실에는 변함이 없는 것 같다. 부부 생활을 오래 하다 보면 서로 날을 세우는 신혼에 비해서 더 지혜롭게 갈등을 해결하게도 된다. 하지만 아무리 그렇다 하더라도 신혼 때의 그 불타오르는 정열을 대체할 만한 것은 전혀 없는 것과 같은 이치이다.

그 이후에 나는 학생-교사의 관계에 대한 불편한 진실과 수없이 마주치게 된다. 하지만 황미애와 아이들이 내게 베푼 사랑과 따뜻함은 내게 아무런 회의의 필터 없이 전해져 왔다. 예를 들어 '저것을 아이들 돈을 추렴해서 샀을 텐데 그렇다면 학부모들이 반발하지 않을까.' 이런 생각조차 하지 않았던 최초이자 마지막 해였다. 저 남자가 나에게 이런 걸 주는 이유는 뭘까. 무슨 저의가 있는 거지? 내 돈을 노리나? 원나잇을 위한 걸까? 이런 식의 사고가 작용하지 않았다는 것이다. 황미애와 아이들, 그들과의 추억은 영화 〈비포 선 라이즈〉처럼 덧없지만 순수하고 절대적인 사랑이었다.

이후로 나는 교사로서 '선물(혹은 촌지) 문화의 문제점'에 대해 고민하고 연구했다. 그 결과 이성적이고 현명한 교사가 되었다. 늘 여러 가능성을 탐구하고 사건을 다층적으로 보는 것이 자동화되었다. 그러나 나는 문득 황미애와 아이들이 사무치게 그립다. 일본 애니메이션 〈은하철도 999〉를 보면 로봇 인간들이 기계 몸을 얻어 효율과 안정성을 얻었지만 불완전한 인간 생명만이 지닌 그 소중한 아름다움을 그리워한다. 반쯤은 교사 로봇이 되어 버린 나도 그렇다. 불가역적인 시절이기에 더욱.

신이 있다면 불공평하다. 공부 빼고 완벽했던 황미애는 이후 학업에도 매진하여 명문 사립 대학에 합격했다. 졸업 후 몇 년간 소식이 끊겼다가 우연히 한 놀이동산에서 마주쳤을 때 우린 누가 먼저랄 것도 없이 달려가서 얼싸안았다. '스승의 날'은 이제 내게 학부모 총회 날보다도 부담스럽고 싫은 날이지만 5월이 되면 나는 은근히 황미애의 문자를 기다린다. 황미애가 만나자고 하면 묻지도 따지지도 않고 나가 만난다. 황미애에게 비싼 점심을 사 주고 황미애가 쇼핑백을 건네면 말랑말랑한 인간 선생이었던 그때로 돌아가 기쁘게 받는다.

2부

학교라는 서식지

성교육

"야 어제 우리 학교는 창체 시간에 성교육이 있었거든. 내가 아주 끝내주는 성교육 받은 얘기 해 줄까? 반마다 외부 강사가 와서 강의하는 형식이더라고. 우리 반에도 두 사람 들어왔어. 한 명은 아줌마고 한 명은 아 놔…… 무슨 동학농민운동 지도잔 줄 알았어. 포스 쩔어. 흰머리에 수염까지 긴 할아버지가 한복 입고 왔어. 진짜야.

먼저 아줌마가 강의하는데 이 여자는 까칠함이 쩔어. 똑바로 앉으라고 막 그러고 갑자기 반장 일어나라 해서 전체 인사시키고…… 야, 나 전체 인사하는 거 태어나서 처음인 거 같어. 아닌가 초딩 때 한 번 해 봤나. 하여간 이 아줌마가 계속 깐깐하게 쪼

아 대면서 성을 잘못 쓰면 미혼모 되고 인생 망한다고 근데 미혼모도 열심히 노력하면 나중에 잘될 수도 있는 거라고 뭔 먹다 식은 치킨 같은 소릴 막 해대데. 딱딱하게 굳은 얼굴에 섹스를 증오하는 게 분명한 거 같은 아줌마가 우리한테 막 점액이 어쩌구 하다가 나중엔 살면서 피임약을 한 알도 먹어선 안 된다느니 하는데 뭔 개소린가 했다니까.

운전은 면허증 딴 다음에 해야 되는 거처럼 섹스는 결혼한 다음에만 할 수 있대. 야 웃지 마. 진짜 그 여자가 그렇게 말했다니까. 낙태도 하면 안 되고 피임약은 한 알도 먹으면 안 된대. 내가 정리를 좀 해 봤는데 그니까 이 아줌마 말대로면 태어난다, 섹스는 한 번도 안 한다, 결혼을 한다, 그 다음 그 배우자랑만 한다, 만약에 결혼을 안 하면 죽을 때까지 섹스를 할 수 없다, 결혼을 40살에 하면 그래도 40살에 첫 섹스를 할 수 있다.

그럼 이혼하면 다시 섹스 못 하는 겁니까? 아 놔, 이런 거 질문하고 싶었는데. 질문할걸. 어쨌든 고우 온. 아이가 생기길 원하지 않는다면 '점액기'를 피해서 해야 된다(자연 피임). 피임약은 여자의 몸을 망치기 때문에 절대로 먹으면 안 된다. 낙태를 하는 것은 죄악이다. 그러니 애는 생기는 대로 낳아야 된다. 만약 실수로 50세에 애가 생겼는데 여자가 병에 걸린 상태다. 그래도 애는 낳아야 된다…… 이런 결론에 이르지. 끔찍하지 않냐? 완전 반인륜적인데다 전근대적인 사고방식을 피를 토하면서 말하는데 무섭드라야.

야 그래도 그건 양반이었어. 6교시 되니까 아까 그 동학농민 할아버지가 말하더라. 이 할아버진 더 쩔어. 내가 하도 졸리고 어이도 없고 그래서 백 퍼 기억은 못 하지만 성교육인데 신채호 선생, 용돈 사용법 이런 얘길 하더란 말이지. 맞다, 남자는 하늘이고 여자는 땅이라고도 했어. 야, 웃지 마. 진짜 그렇게 말했다니까. 내가 지금 말하는 건 다 실화다. 아니 성교육이라면서 성교육을 안 하는 거야. 초반에 점액기 어쩌고 하면서…… 아 놔, 이 강사 두 명 다 점액기 너무 좋아해. 난 점액기밖에 생각나는 말이 없음. 어쨌든 점액기 몇 마디 하더니 나머지 40분은 완전 상관도 없는 얘기만 계속하더라. 난 뭐 또 노인의 성…… 이런 거라도 나올까 싶어서 안 졸고 들었음. 그냥 잘 걸 그랬다니까.

씨발, 성 얘기만 빼고 다 하드라. 용돈, 청소, 신채호……. 여러분의 자주성은 여러분에게서 나오는 게 아니라 하늘에서 나옵니다. 이러더라고. 무슨 사이비 종교 교주인 거 같기도 했어. 그런 소릴 계속하다가 마지막에 뒤에 서 있는 우리 담임한테 애들이 용돈을 잘 사용하도록 해 달라고 아이컨택까지 하면서 부탁하더라.

야 니가 정말 그때 우리 담임 표정 한번 봤어야 하는데. 담임 얼굴 완전히 굳어 가지고 그 할아버지한테 대답도 안 하고 눈에서 레이저 쏘고 서 있더라고. 담임도 열 받았나 봐. 우리 담임 표정 식으면 어떻게 되는지 알지? 내가 그 표정 볼 때마다 가슴 철렁했었는데 어젠 아주 사이다였음. 그 할아버지가 되도 않는 소리를 무려 50분이나 하고 간 건데 자기는 자기가 무슨 말 하는지 알까 싶더라고."

……라고 학생들끼리 말했을 것 같은 성교육을 두 시간 내내 지켜봤다.

나는 속이 부글부글 끓고 눈에서는 레이저가 나왔고 나중에 이 사람들한테 인사도 안 했다. 그래도 우리 반 신사 숙녀들은 몸을 비비 꼬면서도 예의를 갖추고 강의를 듣는데 어찌나 도랑이 바다 같던지 감동적이었다.

한국사 국정화 논란 때보다 열 배는 열이 받는다. 성교육이랍시고 저런 소릴 지껄이다니 같은 성인으로서 너무 쪽팔려서 뛰쳐나가고 싶었다.

저런 사람들 섭외하는 데에는 돈이 쥐꼬리만큼 들었거나 아예 안 들었겠지?
내년에도 또 오겠지?
우리 학교에 못 오게 하면 다른 학교에 가면 되겠지?
유능한 성교육 강사를 모시려면 돈이 많이 드니까.
모든 교실에 들어갈 수 있는 강사를 한 번에 저렴한 가격에 파견해 줄 수 있는 기관은 많지 않을 테니까.
학교가 뭘 결정할 때는 그것이 '교육적인가'보다 '그것은 이 돈으로 가능한가'가 먼저다. 말도 안 되는 예산이 책정되어 있기 때문에 어쩔 수 없다. 사실 학교만 그런 게 아니라 자본주의 사회에서 어떤 것을 기획하더라도 돈 문제가 선행되는 것은 마찬가지일 것이다. 그런데 학교의 문제는 그 스케일이 믿을 수 없이 작다는 데 있다.

세헤라자드

잘 알려져 있듯 『아라비안 나이트』의 흥미진진한 이야기는 서바이벌에서 출발했다. 여자에게 입은 트라우마가 지독한 나머지 여자와 하룻밤 잠자리를 한 후 죽여 버리는 왕에게 죽임을 당하지 않기 위해 매일 밤 세헤라자드가 읊은 이야기들이기 때문이다.

세헤라자드의 스토리텔링이 어찌나 기가 막혔던지 왕은 애초의 기벽을 깨끗이 잊은 채 세헤라자드의 이야기를 듣기 위해 다음 날을 기다린다. 다음 날, 그 다음 날, 그 다음 날에도 왕이 세헤라자드를 죽이지 않은 덕에 세헤라자드는 1000일 동안 생존하는 데 성공하고, 마침내 왕의 여자로 인정받게 된다.
수업을 하다 보면 교사란 세헤라자드의 숙명을 지닌 자가 아닌가 하는 생각이 든다. 학생들은 내가 교실에 들어가기 전에 이미 지칠 대로 지쳐 있다. 그들은 대개 수업이라는 상황 자체를 증오한다. 어떤 선생이 들어오든 이런 식의 일방적인 세팅을 증오한다. 하지만 기가 막히게 흥미진진하고 알찬 수업을 하는 교사는 있게 마련이다. 학생들은 '즉시 처잘 태세'를 취하고 있지만 이 매력적인 교사의 입담에 그만 애초의 태세를 망각하고 만다. 그들은 교사의 개념 설명과 구체적 사례, 비유에 점차로 빠져들고 만다.

그래서 그 시간을 사랑의 눈빛에 젖어 촉촉하게 보낸 다음 심지어 다음 시간을 기다리게 되기도 한다. 불행히도 이런 능력을 지닌 교사는 매우 드물 것이다. 게다가 어제 훌륭하고 매력적인 수업을 했다고 해서 오늘 자동적으로 그런 수업을 할 수 있으리라는 보장은 없다. 1교시, 5교시에 특히 학생들은 냉혹한 아랍 왕보다도 더욱 가차없이 내게 적대적인 존재가 되고 만다. 나는 그들 앞에 놓인 가여운 세헤라자드.

나는 그들에게 죽임을 당하지 않기 위해 사력을 다한다. 관심이 멀어질 때쯤이면 나의 개인적 경험을 끌어들인다든가 비장의 카드로 준비한 유머를 솜씨 좋게 던져 광란의 파도가 몰아닥치듯 그들을 단숨에 사로잡아야 한다. 수업에서 요구되는 것은 정숙함이 아니다. 〈to be continued〉의 능력이다. 속물적인 드라마에서 기막히게 활용하는 PPL을 능가할 정도의 속셈도 있으면 좋다. 〈청소년 추천 도서 목록〉 같은 것은 통째로 제시해서는 안 된다. 세헤라자드도 울고 갈 만큼의 진하고 끈끈하고 재미가 뚝뚝 묻어나는 스토리텔링을 구사한 다음 그 속에 아무렇지도 않은 듯 슬쩍슬쩍 끼워 넣어야 한다.

오늘 나는 간신히 살아남았다. 어제는 하마터면 죽을 뻔했다. 방심했기 때문이다. 내일의 이야기는 무엇으로 채워야 할까. 아랍 왕보다 상처와 스트레스가 많은, 아침밥을 먹고 왔어도 1교시 시작하기도 전에 배가 고파지는 나의 군주들을 위해 나는 어떤 이야기를 준비해야 할까.

여학생 화장

나는 십대 때 어른들 말을 대체로 잘 믿는 편이었다. 어른들이 하라는 대로 하면 자유가 제한되긴 해도 결국 도움 되는 게 많았다. 그런데 어른의 말을 그대로 믿으면 절대로 안 되겠다고 생각하게 된 계기가 있다. "학생은 학생다운 머리를 해야 가장 예쁜 거다."란 말을 들었을 때였다. 이 말을 학교 선생님들도 했고 심지어 미용사까지 했다. 이런 거짓말을 하면서 제멋대로 내 머리카락을 잘라 놓았고 제멋대로 교칙을 정했다. 그게 너무 싫었다.

어른들을 무조건 신뢰하다가는 바보가 되겠어. 사실 어느 연령층에나 어떤 비율로 바보 같은 인간들이 있는데 어른도 마찬가지가 아닌가. 바보도 나이만 먹으면 '어른'이 되는 것이고.

두발 자유화가 된 지도 한참 됐으니까 이제 어른들이 이런 말을 할 일은 없어졌다. 대신 '화장'이 그 대상이 되었다.

학생은 맨얼굴일 때가 가장 예쁘다, 이것이다.

어른이 되었지만 나는 이 말에 별로 찬성하지 않는다. 맨얼굴일 때보다 화장을 한 게 더 예쁜 학생도 꽤나 많기 때문이다. 사실 이런 말을 하는 사람도 아마 내부적으로 분열되어 있으리라고 본다. 정말 문자 그대로 '맨얼굴이 미적으로 우등하다'고 믿는 사람이 한편이라면 '맨얼굴이 미적으로 우등한 건 아니지만 화장을 하고 다니면 학생의 주 업무, 즉 학업에 열중하기 힘들기 때문에 맨얼굴이 바람직하다'는 쪽이 다른 한편이라고 생각한다. 어떻든 나는 화장을 단속해야 하는 교사가 아닌 그냥 자연인으로서는 십대 후반 여학생의 화장이 미적으로 열등하다고는 생각하지 않는다.

그런데…….

이따금 너무나 안타까운 경우를 보게 된다. 스모키 화장 붐을 일으킨 연예인들은 청소년에게 본인들은 의도치 않았을 심각한 부작용을 초래했다. 스모키 메이크업을 제대로 배우지도 않은 채 스모키를 한 여학생이 판다 눈을 한 채 앉아 있을 때 나는 뭐 그러려니 했다. 저애는 본 얼굴이 아마 못생겨서 저렇게 했을 거야. 그런데 그 아이가 한 번은 극심하게 아파서 맨얼굴로 학교에 온 것이었다. 너무나 아름다운 눈에 잡티 하나 없는 뽀얀 얼굴에 나는 깜짝 놀랐다. 대체 그동안 왜 그렇게 화장을 해 댄 것인지 이유를 알 수가 없었다.

하마터면 나는 내 생각을 발설할 뻔했다. 넌 화장 안 할 때가 진짜 예쁘다, 라고. 하지만 그런 말을 했다가는 이 학생은 내 말을 신뢰하지 않게 되겠지. 이 선생은 신뢰할 만한 사람이 아닌 꽉 막힌 꼰대라고 생각하게 되겠지. 그것은 위험한 일이다. 우리 반 학생이라면 또 모르겠지만 그것도 아닌데 굳이 무리수를 두었다가 어차피 내일부터 졸업식 날까지 쭉 화장을 하고 올 게 뻔한 아이에게 그나마 있던 신뢰까지 잃느니 이 상태가 낫겠지.

하지만 난 정말 소리 높여 외치고 싶었다.
넌 정말 맨얼굴이 예쁘다고. 그 얼굴을 대체 왜 그런 싸구려 스모키 메이크업으로 떡칠을 해서 싸구려 '흔녀'로 만드느냐고 소리치고 싶었다. 그러다 문득, 내가 십대 때 '미적 소신'에 반해 '학생다운 헤어스타일' 운운하면서 편리하게 '거짓말'을 하던 어른들이 떠올랐다. 혹시 그들은 거짓말을 한 게 아니라 진짜로 그렇게 믿었던 게 아닐까.

어느 날은 이런 것도 봤다.
그간 화장을 한 번도 안 했던 못생기고 뚱뚱한 여학생이 그날따라 굉장히 눈에 띄었다. 그녀는 눈썹 화장부터 하기로 결심했던 것이다. 앞머리를 큼직한 롤로 말고는 어디서 야매로 영구 문신 받자마자 나온 것 같은 기괴한 모습을 하고 이제는 립스틱에 도전해 보려는지 시뻘건 립스틱을 한 손에 움켜쥐고 있었다. 그 모습이 너무나 희극적인 나머지 애처로워서 역시 나는 한마디도 못 하고 말았다.

이러나저러나 십대의 화장을 막는 것은, 특히 여고생의 화장을 막는 것은 아무 효과 없는 짓일 거다. 화장을 안 한다고 해서 공부를 열심히 하는 것도 아닌데다가 무엇보다 그들에게 중요한 것은 '어른' 눈에 어떻게 보이는지가 결코 아닐 테니까.

그러니 마음껏 너의 미적 소신을 펼쳐 보렴.

난 네가 원하는 것을 알고 있다

K는 불만에 가득 찬 얼굴로 터벅터벅 걸어 들어왔다.

– 샘, 이거 왜 결석 처리 돼 있는 거예요? 전 샘 시간에 계속 있었는데요.

– 아까 출석 부를 때는 잠깐 없었나 보지.

– 전 교실에 있었다구요. 정말이라니까요.

– 근데 왜 대답을 안 했을까.

– 계속 퍼 잤거든요. 4교시까지 쭉 잤다구요.

– 근데?

– 근데라니요. 쭉 잤으니까 대답을 못 했죠.

– 니가 대답을 못 한 건 니 잘못일까 내 잘못일까.

– 제…… 잘못이요.

– 니가 네 시간씩이나 쭉 잔 것에 내가 뭔가 잘못한 게 있을까 없을까.

– 없어요…….

– 그리고 내가 신이 아닌 이상 잘 보이지도 않는 구석 자리에서 엎드려서 자는데다, 주변 친구들이 너의 출석을 확인해 주지도 않았고, 다섯 번을 불러도 응답이 없는데 그것을 결석 처리한 것에 잘못이 있을까 없을까.

– 아 놔, 그니까요……. 어쨌든 전 그 시간에 있었다니까요.

- K야. 니가 지금 여길 찾아온 목적은 샘의 부주의함이나 무능력함을 증명하는 것이니, 아니면 너의 결과 처리를 본래 사실에 맞게 출석으로 돌리는 거니? 내 생각엔 두 번째일 거 같은데.

– 네……. 출석으로 돌리는 거요. 그거요.

– 그럼 넌 지금 굉장히 잘못하는 거다. 왜냐면 일단 너의 태도가 잘못되었어. 잘못한 사람은 내가 아니고 너지. 설령 내가 잘못한 사람이라 하더라도, 너의 목적은 나의 잘못을 증명하는 게 아니라 너의 결석 처리를 되돌리는 거잖니. 그렇다면 이 협상에서 중요한 건 너의 감정이나 너의 부당함이 아니다. 협상에서 중

요한 건 늘 나 자신이 아니라 상대방이다. 절대적으로 상대방이 중요해. 그럼 넌 이렇게 짝다리를 짚고 말하면 안 되지. 게다가 "왜 결석 처리 하셨어요?"라고?

이런 대화가 가능할 거야. 선생님, 제가 자느라고 대답을 못 해서 결석 처리가 된 거 같아요. 제가 진짜 거기에 있었는데 이거 좀 지워 주시면 안 될까요, 라는. 그 어조는 '죄송한 어조로'가 적당하겠지? 니가 방금 했던 것처럼 '당당하게'는 아니 되겠지? 고급 정보 하나 더 가르쳐 줘? 표정 관리가 의외로 중요해. 그렇게 당당한 표정을 짓지 마라.

눈 깔고.

불쌍하게.

이해돼?

기억해. 니가 얻고 싶은 것을 얻기 위해서 중요한 건 니 감정과 사실이 전혀 아니다. 철저히 상대방의 기분, 상대방의 의도, 오로지 상대방만 중요하다. 그리고 목표에 집중해. 니 감정에 치우쳐서 본 목적이 뭔지도 모르고 날뛰면 아무것도 안 되고 니 기분은 더 나빠질 거야. 무엇보다 내가 이런 말을 하는 게 니가 싫어서 그러겠냐 널 생각해서 그러겠냐.

– 절…… 생각해서요…….

– 가 봐.

K는 공부도 안 하고 떠들고 자지만 왠지 정이 가는 놈이어서 평소 따뜻한 눈으로 봐 온 놈이다. 그래서 저런 고급 정보를 모두 다 알려 주고 말았다.

변신하는 사람들

어느 직종이나 시대에 따라 위상과 정의가 달라지게 마련이다. 태풍처럼 변화가 휘몰아치는 이 땅에서 교사만큼 위상과 정의가 흔들리는 직종도 드물 거야. 어느 날 문득 그런 생각이 들었다.

이 시대 청소년들이 매우 선망하는 직종인 연예인은 불과 이삼십 년 전만 해도 '미래 희망 직업'의 대중적 리스트에 들지 않았다. 누구도 이 땅에서 연예인이라는 직종이 여론을 선도하고 '공인'이라는 별칭을 가지리라고 상상하지 못했다. 정치인의 말 한마디에 버금가는 영향력을 지니고, 1인 기업, 1인 미디어가 되어 인기와 권력의 핵심이 되리라고는 더더욱.
요즘엔 '대통령', '과학자'보다 선망의 대상이며 이 시대 전문직의 지존으로 여겨지는 의사는 조선 시대에는 중인 출신에 불과했다. 전문적 기술을 가진 특수 계급이었을 뿐 조선 1% 같은 개념은 전혀 없었다.

그렇다면 교사는 어떨까. '스승의 그림자도 밟지 않는다'는 말이 통용되던 시대는 언제 끝났는지 알 수 없다. 이제 교직 과정을 이수할 때 '예비 교사'인 대학생들은 교직을 '성직'도 '노동직'도 아닌 '전문직'이라고 배운다. 그런데 교사는 점점 '서비스업 종사자'가 되어 가고 있다고 생각한다. 교사는 백화점 점원과 마찬가지로 고객인 학생들에게 언제라도 고발되거나 항의 조치될 수 있다. 또한 고유의 교육을 하기보다는 체인점같이 어느 정도 공통되는 콘텐츠를 보장하는 교육을 하도록 되어 있다. 개인적인 감정이 있더라도 그것을 드러내는 것은 바람직하지 않으며 학생 인권을 침해하지 않는지 잘 생각해서 언행을 해야 한다.

교직이 성직이었다가 노동직, 그중에서도 서비스 업종으로 변화되기까지의 시간이 너무 빠른 것이어서 이는 많은 교사들을 불편하게 만든다. 물론 나도 예외는 아니다. 하지만 시대가 이렇게 급변하는데 교직만 변치 말아야 하는 무슨 숙명이라도 있는 것인가, 하는 의문에서는 답이 막힌다.

직업의 의미에 대한 고민은 교사뿐 아니라 가수들도 많이 하는 것 같다. 가수 이은미가 예전에 젊은 가수들의 가창 실력을 논거로 '가수'가 무엇인지에 대한 자신의 생각을 펼친 것은 널리 알려져 있다. '가수'가 되기보다는 실력도 없이 '스타'가 되기를 희망하는 후배 가수들을 통렬히 비판한 글이었다. 그 글을 읽으면서 굉장히 불편했다. 물론 이은미의 가창 실력이야 따를 자가 별로 없을 것이다. 하지만 그녀가 그토록 부르짖는 '가수'의 개념이 과연 이 시대에 적합한 것인지는 의문이 들었다. '가수'란 '노래하는 사람'이라는 뜻이고 영어인 Singer도 마찬가지다. 하지만 기표와 기의의 관계는 언제든 변할 수 있는 것이다.

2000년대 이후 '가수'라 불리는 자들에게 대중이 원하는 것은 80년대의 것과 분명히 다르다. 아니, 아예 '가수'가 아니라 '노래 좀 하는 종합 엔터테이너'를 원한다고 하는 것이 정확할지도 모르겠다.(최근 서바이벌 프로그램들의 인기로 인해 가수의 가창 실력이

핫한 이슈가 되었지만, 가수에게 대중이 요구하는 까다로운 기준, 변화되고 분화된 기준은 이미 과거와 다르다.)

교사도 마찬가지가 아닐까 조용히 생각해 본다. 과거에 교사는 전공 지식이 풍부하고 평균 이상의 인격에 카리스마가 있으면 오케이였다. 하지만 이제 학생들과 학부모들은 교사에게 다른 것을 요구한다. '무엇을'이 거의 절대적이던 때와 달리 '어떻게'의 중요성이 어마어마해졌다. '그냥' 그렇게 흘러가는 것이다. 언제든 다양한 정보를 검색할 수 있게 된 시대에 십대가 어른, 더구나 교사에게 원하는 것은 단편적 지식이나 같잖은 위엄 따위가 아니다. 인터넷에 떠도는 검증되지 않은 낱낱의 정보가 아닌 깊이 있는 통찰을 거친 지식을 다룰 때 교사는 존경받을 것이다. 또 뭐가 필요할까. 머지않아 교사 임용 고사의 면접이나 실기 시험에 유머 능력, 신체 매력 지수 같은 항목이 신설될지도 모른다. 그리고 또 뭐?

나도 기성세대에 끼는 나이라서 솔직히 교사에게 자꾸 새로운 자질을 요구하는 이 시대의 변화가 당황스러울 때가 많다. 하지만 옳고 그름을 떠나 활발히 진행 중인 시대의 큰 흐름은 비가역적이다. 예를 들어 과거의 학교에서는 큰 비중을 차지하지 않았던 입시 지도가 이젠 전문 영역이 되었다. 입이 떡 벌어질 정도로 복잡해진 입시 체제 하에서 입시 지도는 숙련된 교사의 분석과 입시 상담 경험이 필수적으로 요구되는 전문 영역이 되었다. 반대로 이전에는 학교의 매우 중요한 역할이었던 생활 지도 및 일반 상담은 대폭 축소되었다. 교사에게 요구되는 것은 더 이상 과거와 같은 생활 지도에 대한 뜨거운 열정, 그 앞에만 가도 저절로 고개를 떨구게 되는 권위 따위가 아닌 것이다.

캐논의 라이벌은 당연히 니콘 같은 카메라 브랜드였다. 하지만 스마트폰 대중화 이후 캐논의 떡은 상당 부분 니콘 카메라가 아니라 삼성 갤럭시나 애플의 아이폰이 가져갔다. 과거에 학교 교사의 라이벌이 사교육계의 유명 강사나 EBS 강연자였다면, 이제 교사의 라이벌은 김병만, 유세윤, 박나래인지도 모른다. 학교의 라이벌은 유명 입시 학원이 아니라 유튜브, 백화점 문화센터 강좌들인지도 모른다.

포인트 피로

오늘은 정말 커피가 간절했다. 평상시엔 잘 안 마시는 바닐라 라떼가 필요했다. 스타벅스에서 주문을 기다리는데 앞에 선 여자에게 뭔가 문제가 있는 것 같았다. 여자는 나긋나긋 낭창낭창한 목소리로 자신의 프리미엄 카드로 시럽을 추가하고 있었는데 직원과 의사소통에 뭔가 문제가 생긴 모양이다. 직원은 당황하고 답답해하면서도 '고갱님'인 여자에게 끝까지 미소를 머금으며 주문 내용을 확인했고 여자는 못마땅하다는 듯, 그것도 모르는 미련퉁이를 다 보겠다는 의미를 담아 들릴락 말락 한 "흣" 하는 콧소리로 흘려보내며 "아 뭐 됐구요. 그럼 음료 바꿔도 되나요?"라며 바닐라 라떼로 해 달라고 했다.

이런 장면을 보고 있으면 기운이 빠진다. 테이크아웃 커피점이라는 것 자체가 고급스러운 서비스를 기대해선 안 되는 것이 아닐까. 고기는 레어, 미디엄, 웰던, 식사는 빵 혹은 밥……. 이런 게 카페로 왔다. 우유는 저지방으로 해 주시고요 시럽은 반만 넣어 주시고 블라블라…….

스타벅스에서 이건 이렇게 저건 저렇게, 내 카드는 무슨무슨 카드니까 어떤 혜택을 받을 차례고…… 늘어놓는 동안 줄 선 나머지 손님은 동물원의 목 긴 기린처럼 하염없이 서서 기다린다. 드디어 자기 차례가 되면 또다시 반복이다. 이런 것을 경험한 뒤 '나는 나만의 커피를 마셨어요.'라는 기분이 들 리가 없다.

화장품을 사도, 빵을 사도, 뭘 사도 포인트 카드를 만들라고 난리다. 이런 장난이 싹 다 없어졌으면 좋겠다. 그냥 뭘 사든 아무런 혜택 따위 없었으면 좋겠다. 카드별 혜택 같은 것도 싹 다 없어져 버렸으면 한다. 아예 현금만 가능하면 더 좋겠다. 가게에 가면 심플하게 내가 낼 돈을 내고 잔돈 거슬러 받고 물건을 들고 나올 수 있으면 정말 좋겠다.

하루 종일 애들 입시 상담하느라 대학별로 수능 최저가 어떻고 그러니 이 대학 가면 좀 더 유리하고 저 대학 가면 불리해진다느니 어쩌느니 하는 소릴 해 대다가 겨우 퇴근했다. 약 짓는 기분으로 바닐라 라떼 주문하러 스타벅스에 가서 내 앞의 여자가 그런 실랑이를 벌이고 있는 것을 보고 있다 보니 머릿속 뚜껑이 열렸다 닫혔다 빠르게 반복하는 게 느껴졌다. 이건 정.말. 아.니.다.

대학들은 학생과 학부모에게 갖가지 전형 요소별 반영 비율을 놓고 유·불리를 따져야 하는 상황을 떠안긴다. 스타벅스는 카드사와 제휴해서 알량한 프리미엄 서비스를 선물함으로써 사람을 왕창 피곤하게 만들어 버린다.

숨을 쉬고 싶다. 혜택을 따지는 시간에 사람 얼굴 한 번 더 보든가 조용히 커피 마실 시간이나 많아졌으면 좋겠다.

아침 울렁증 환자의 가련하고도 실현 불가능한 소망

10시 전까지만이라도 아무짝에도 쓸모없는 사람이면 좋겠어.
아침 10시까지는 아무도 나를 찾지 않으면 좋겠어.

예전에 고양이와 개에 대한 글을 읽은 적이 있다. 장 콕토가 고양이를 예찬하면서 개와 비교한 거였다. 경찰견, 맹인견 등 개는 기본적으로 인간에게 충성을 하고 필요와 쓰임이 많은데, 고양이는 반대라는 거다. 전혀 인간을 도와주려 하지 않으면서 언제나 도도하기에 품격이 있다는 내용이었다. '필요'가 많다는 것이 당연히 가치 있는 것이라고 여겼는데 정말 신선했다.

그렇다면 나도 아무짝에도 쓸모없어지고 싶다.

나는 하농이다

피아노 배우고 싶은 사람이라면 꼭 사야 되는 책 중 넘버원이 하농(HANON)이다. 피아노는 건반 악기이기 때문에 무엇보다 손가락을 자유자재로 다루는 능력이 필수적인데 하농이 바로 이 손가락을 단련시키는 연습곡집이다. 처음 이 책을 사서 배우기 시작했을 때 숨이 막히는 기분이었다. 책장을 펼치면 악보 가득 빽빽하게 채워져 있는 단조롭고 규칙적인 음표의 배열에 기가 질렸다. 베토벤, 모차르트, 쇼팽 등은 위대한 작곡가로 알았지만 이 책의 제목이자 작곡가이기도 한 '하농'이 사람 이름이라는 것은 아주 늦게 알았다.

설마 이런 것을 누가 '작곡'했다고는 생각하지 않았던 것 같다.

'이런 것'이란 믿을 수 없이 지루하고 창의성이라곤 눈곱만큼도 느껴지지 않는, '단지 음표의 배열에 불과한 것'을 의미한다. 초등학교 저학년생의 나에게 하농은 그런 의미였다. 피아노 선생님 댁에 가면 제일 먼저 하농을 치고 그 다음 체르니, 바흐, 소나티네 또는 소나타를 쳤고 마지막으로 '피아노 명곡집'(왜 이 책 제목을 들으면 슬며시 웃음이 날까요. 피아노 배웠던 분들은 어떤 느낌인지 아시지 않나요?)을 쳤다. 나는 마지막에 치는 피아노 명곡집을 가장 좋아했고 그 다음으로는 소나타가 좋았다.

피아노 명곡집을 좋아했던 이유는 거기에 들어 있는 곡을 쳐야 어디 가서 자랑할 수 있기 때문이었다. 멜로디가 잘 알려져 있고 대체로 드라마틱하여 연습을 조금만 열심히 하면 뭔가 대단한 연주를 하는 것처럼 보일 가능성이 가장 크다고나 할까. 하지만 앞쪽으로 갈수록 그 가능성은 떨어져서 첫 번째 치는 '하농'에 이르면 정말 한숨이 나왔다. 어떤 아이도 나 오늘 하농 8번 배웠다, 면서 집에 와서 자랑하고 싶진 않을 것이다.

체르니도 어렵고 지겹기로는 하농과 큰 차이가 없었지만 그래도 체르니는 멜로디도 좀 있고 무엇보다 초등생들 사이에서 피아노를 어느 정도 숙련했는가의 절대 기준이었기 때문에 체르니 몇 번을 치느냐는 매우 중요한 문제였다.(아…… 추억의 체르니!) 그래서 나중엔 체르니만 죽어라 연습했다. 누구도 너 하농 몇 번 배우고 있느냐는 묻지 않았고 "체르니 30번 치니, 40번 치니, 헉, 50번 친다고?" 이런 식으로 묻고 반응했다. 지금 생각하니 우습기 짝이 없다. 체르니 몇 번(정확히 말하면 체르니 몇 번집)을 배우고 있느냐 하는 문제는 마치 "너희 집 몇 평이니?" 같이 속물적이고 세속적이고 말초적인 호기심을 자극하고 만족시켜 주는 그런 것이었다.

부모님은 사교육 혐오자이셨는데 내가 피아노를 배우고 싶다고 하자 아무런 반대 없이 일곱 살 때부터 가르쳐 주셨을 뿐 아니라 당시 거액이었던 영창 피아노를 떡하니 사 주셨다. 나무 피아노의 클래식한 자태는 정말 아름다웠다.

나는 피아니스트가 되겠다고 결심했다. 사교육 혐오자였으나 부모님은 피아노만큼은 염가의 피아노 학원에 보내지 않고 그 당시엔 흔치 않았던 '개인 레슨'을 시켜 주셨다. 생활 전반이 검소와 절제의 극치였던 우리 집에서 피아노는 유일한 사치이자 여유로움, 자유였다. 기쁠 때도, 화가 나서 미칠 것 같을 때도, 심심해 죽겠을 때도 나는 피아노를 쳤다. 사교육 혐오 못지않은 소음 혐오를 지니고 있었던 부모님은 나의 피아노 연습으로 인한 굉음과 소음에 대해서만은 매우 관대하셨다.

지금도 피아노를 취미로 연주한다. 아이 낳기 전에 비해 연주 횟수가 현저히 줄다 보니 손가락도 눈에 띄게 굳어 간다. 그럴 때는 하농을 꺼내 든다. 한 사나흘 하농을 꾸준히 연습하고 나면 신기하게도 손가락이 풀리고 유연해진다. 운동할 때 스트레칭으로 몸을 덥히고 이완시켜야 운동 효과가 배가되듯이 피아노를 칠 때 하농은 없어서는 안 될 존재이다. 하늘색 바탕에 검은색 글씨로 하농이라 적혀 있는 건조하고 무뚝뚝한 악보집 표지를 본다. 미워하고 원망하고 때론 경멸까지 했던 하농. 이 하농이 없었다면 피아노 연습에서 손을 뗀 지 이렇게 오래된 내가 베토벤 소나타나 쇼팽의 왈츠를 연주할 엄두를 낼 수 있을까. 불가능할 것이다.

난 요즘 내가 하는 일이 하농 같은 일이 아닐까 하는 생각을 한다. 사회에 나갔을 때, "저 대학에서 ○○○교수님에게서 배웠어요."라고는 하지만 고등학교 담임 이름이나 교과 선생님 이름을 대면서 이러저러한 학풍에서 성장했다는 식으로 말하는 경우는 드물다. 특히 공립 고등학교인 경우에는 이렇다 할 만한 '학풍'이라는 것이 없다. 중고등 교사는 멜로디가 있고 색깔이 있고 자기주장이 확실한 교수와 달리 무색무취하며 아이들을 '준비'시키는 하농인 것이 아닐까.

하농이 된다는 것은 슬픈 일일까 아니면 기쁜 일일까. 잘 모르겠다. 아마도 교사마다 다를 것이다. 그런데 둘 중 무엇이라고 여기건 간에 분명한 것은 하농은 없으면 안 된다는 것이다. 하농 없이 피아노 명곡집을 치기는 쉽지 않을 것이다. 보통의 연습생에게 체르니와 바흐도 중요하지만 손가락의 기본을 만들어 주는 건 역시 하농이다. 등교 시간과 하교 시간을 체크하고 급식 지도를 하는 등 무한 반복적인 교사의 학생 지도 업무는 하농의 패턴을 꼭 닮아 있다. 어떤 때는 숨이 막히기도 한다. 아마 아이들은 더욱 더 그럴 것이다.

하지만…….

"저는 세상에서 하농 8번이 가장 좋아요."라는 식으로 말할 사람은 없다 하더라도 이름 없는 하농은 그 사람의 연주를 받쳐 주는 존재이다. 피아노를 열심히 배우고 있을 때 한 번도 하농이라는 사람에 대해 궁금해 해 본 적이 없었는데 이젠 하농이 가장 궁금하다. 베토벤이나 모차르트보다 하농이 궁금하다.

관점 차이

교과 교사로 들어갈 땐 떠드는 애들이 거슬린다.

밉다.

짜증난다.

그런데……

담임교사일 땐 다르다.

옆에 있는 애랑 떠들다가 걸리는 거 좋다.

아, 다행이다.

우리 반 전원이 그랬으면 좋겠다.

친구랑 떠들다가 선생님께 혼나는 건 얼마나 멋진 일인가.

어떤 아이도 '혼자'이지 않았으면 좋겠다.

우리나라가 선진국이 되어야 하는 이유

보통의 인문계 고등학생들은 학년을 막론하고 국어과 과목을 주당 적게는 네 시간, 많게는 무려 여섯 시간이나 배운다. 영어, 수학도 비슷하다. 이 과목들은 과연 이렇게까지 가르쳐질 필요가 있는 것일까?

정신적으로 극심하게 피로했던 때 나에게 기타가 왔고, 육체적으로 극심하게 피로했던 때 기타와 함께 피아노도 내게 왔다. 마치 신 내림을 받기라도 한 듯 압도적인 것이었다. 음악이 없었다면 견디기 힘든 시간이었다. 사람들과 말하는 것은 즐거울 때보다는 피곤할 때가 많고 스트레스를 말로 푸는 것에는 명백한 한계가 있다. 왜냐면 대체로 일상은 만나고 싶은 사람을 만나는 게 아니라 만나야 하는 사람을 만나는 것으로 채워지므로. 하지만 음악을 듣는 것은 언제나 휴식을 주었다. 어떤 사람에겐 음악이, 어떤 사람에겐 춤이, 또 어떤 사람에겐 미술이, 운동이 이런 작용을 할 것이다.

만약 모든 학생들이 악기를 한 가지 이상 능숙하게 다룰 줄 안다면 어떻게 될까. 세상이 적어도 지금보다는 훨씬 더 좋아지지 않을까. 물론 악기를 연주한다는 건 어느 정도 마음의 여유가 있어야 가능한 일인지도 모른다. 하지만 그렇게 따진다면 학교에서 국어 과목을 여섯 시간씩이나 배우는 것 역시 마음의 여유가 있기 때문에 하는 것은 아니지 않나. 공교육에서 음악을 적극적으로 가르치지 않는 이유, 국어 과목이 가장 강조되는 이유는 의외로 단순하다. 음악 교육은 돈이 들고(방음 장치, 악기 값, 레슨 실력을 갖춘 교사 확보 등등) 국어 교육은 상대적으로 돈이 훨씬 덜 들기 때문이다. 미술, 체육도 마찬가지다.

현재의 교육이 지니는 모습은 당위적인 것이라기보다는 그저 현실적인 조건에 의해 결정된 것일 뿐이다. 즉, 그래야만 하는 이상적으로 타당한 이유가 있어서라기보다는 이렇게 할 수밖에 없는 물적인 조건이 시퍼렇게 버티고 있기 때문이다. 날이 풀렸다고 하지만 내겐 여전히 추운 학교 복도를 잔뜩 움츠리고 걷는데, 저 앞에서 건장한 체격의 남아인 M이 반팔 차림으로 땀을 뻘뻘 흘리면서 서 있었다. 덥다고 한다. 이런 남자아이들이 이 비좁은 교실에 거의 하루 종일 있어야 한다는 생각을 하자, 갑자기 이 상황이 너무나 부조리하게 느껴졌다.

국어 교육의 중요성을 역설하는 사람들이 흔히 내세우는 것이 국어는 모든 학문을 연구하는 데 필수적으로 요구되는 기본적인 언어적 의사소통 능력을 기르는 교과라는 것이다. 맞는 말이다. 그런데 학문은 그렇다 치고 일상은 어떠한지. 가까운 사람과의 의사소통이 만약 춤이나 음악으로 이루어진다면 훨씬 더 부드러워지지 않을까. 자기 자신과의 의사소통 역시.

하루빨리 우리나라가 선진국이 되어야 한다. 학생 인권 조례, 교권 조례 같은 거 연구하지 말고 비인간적인 학교 화장실부터 뜯어고쳐야 한다. 국영수 시간을 대폭 줄이고 학교에 음악실을 여러 개 짓고 악기를 왕창 사들인 다음 애들한테 1인 1악기를 시켜야 한다.(유별난 자사고가 아니더라도) 운동장 면적을 현재의 세 배 정도로 늘여서 남학생들을 확 풀어 놓아야 한다. 이렇게 하면 학교 폭력이 적어도 30퍼센트는 없어질 것이다. 보고 있으면 욕이 절로 나오고야 마는 지저분한 복도는 용역을 써서 깨끗하게 유지해야 한다. 그러면 학생들은 자신들이 존중받는 존재임을 깨달을 것이다.

모데라토

모데라토[moderato]

; 음악에서 '보통 빠르기'를 지시하는 말.

; '적당한', '온건한'의 뜻으로 상대적으로는 알레그로와 안단테의 중간 빠르기를 가리키며, 알레그로 모데라토(적당히 빠르게)처럼 다른 말과 함께 쓰이는 일도 있다.

피아니스트의 꿈을 가지고서 피아노를 열심히 배웠던 초딩 때

모데라토는 늘 '만만한' 존재였다.

'적당히'의 뜻이었기 때문이다.

빠르지도 느리지도 않게.

그런데 살수록 모데라토가 얼마나 힘든지 깨닫는다.

빠르게 달리다가 축 늘어졌다가…… 오히려 이게 쉽다.

계속 비슷한 속도로 적당하게 가는 것이 참 어렵다.

일상이 고군분투인 요즘,

나에게 필요한 것은

알레그로(Allegro)나 비바체(Vivace)가 아니라

모데라토인 것 같다.

모데라토, 모데라토…….

양심적 단속 거부

내가 고등학교 때 제일 싫어했던 말이 뭐였냐면
"학생답다"라는 형용사였다.
이 기만적이기 이를 데 없는 단어는
학생다운, 학생답게, 학생답도록 등속으로 변이하여
'머리 스타일', '복장', '태도', '생활 습관' '행동' 등등
듣기만 해도 쥐가 날 것만 같은 규율적인 의미의
명사, 동사를 착 감싸 안는다.
그래서 '학생다운 머리 스타일', '학생답게 말해' 같은 언어 채찍
이 되어 학생들의 맨살을 착착 때린다.

사실 '-답다'라는 접미사 자체가 폭력성을 지니고 있다.

– 애 엄마면 애 엄마답게 처신하란 말이야.

– 교사면 교사다워야지 그게 무슨 짓이냐.

– 여자가 여자답지 못하게……

자, 이렇게 문장 단위에서 살아 꿈틀대는 꼬락서니를 보면 느낌이 확 온다.

누구건 간에 자신이 분류되는 카테고리 그 자체를 구현할 수 있는 인간은 없건만. '표준어'라는 것이 이상적인 지향일 뿐 실재하는 것이 아니듯, 애 엄마라 해서 24시 애 엄마스러운 뭔가로 존재하는 것이 아니고, 교사라 해서 24시 교사이기만 할 수 있는 것이 아닌데, '–답게'라는 것은 사용하는 자 편의대로 아무렇게나 툭 튀어나와 사람을 곤란하게 만든다.

어쨌든.
학생답게.
이게 정말 마음에 들지 않았다.
지금도 그렇지만 고등학생 때 나는 헤어스타일에 유난히 민감

했다. 그런데 내가 한 번도 동의한 적 없이 정해진 교칙에 따라 선생님들이 학생들 머리 길이를 재고 다니고 머리를 묶도록 강요했다. 내 신체에 대해 나 아닌 제삼자가 결정권을 가지고 있다는 것을 참을 수 없었다. 하지만 한낱 소심한 고딩이었던 내 주제에 반역적인 주장을 펼칠 순 없었고 다만…… 그 참을 수 없는 사실을 잊을 만하면 한 번씩 상기해야 함을 피하기 위해 아예 머리카락을 싹둑 잘라 버렸다.

난 고등학교 때 마치 비구니와 같은 삶을 살았다.
외모는 나와는 상관없는 것이다, 상관없는 것이다,
주문을 외우며 꿈에서까지 내 삶을 공부에 헌납했다.
그래서 원하던 것을 얻기는 했지만
과연 그것이 바람직한 선택이었는지는 상당히 회의적이다.

직업상 나는 끊임없이 학생들의 외모를 단속해야 한다.
하지만 이것이 대체 무슨 긍정적 효과가 있는지 모르겠다.
물론 의도는 정당하다. 그 의도란 대강 이런 것일 테지.
중학생까지 성형 수술을 해 대는 이 마당에 머리카락 몇 센티 더 긴 것이 대수라고 생각하는 사람은 아마 없을 것이다. 하지만 두발을 풀어 주면 그 다음엔 메이크업을, 그 다음엔 공공연한 이성 교제 현장을 허용해야 할 것이다. 그러다 보면 정말로 학생들을 규제할 방법과 한계가 불분명해질 것이다. 그 결과 '머리가 길면 학업에 열중할 수 없게 됩니다'란 명제가 도출된다.

'통치 철학'을 들이대서 논리적으로 추론해 보면 그렇다는 걸 알겠다만…….

그래도 말이지… …

우리 집 앞 J 기숙 학교의 학생들을 보면 이런 논리 따윈 싹 날아가 버린다. 명문 기숙 학교답게 J고교의 교칙은 너무나 엄격해서 남학생들은 올 반삭, 여학생들은 올 상고머리다.

그 아이들의 모습을 보면, 솔직히, 솔직히 말이다…… 서글프다.

그걸 보고 어른이 '참 학생답구나'라고 말하는 풍경을 연상하면 그땐 화가 날 지경이다. 저 학생들이 사회에 나와서 과연 적응할 수 있을까. 불투명 유리 캡슐로 싸인 폐쇄적인 사회에서 살아가는 이들 같은 느낌마저 든다. 청소년들은 왜 외모를 계발하고 탐구할 기회마저 박탈당해야 되나, 아, 저건 인권침해다, 하는 생각이 저절로 든다.

담임을 하면 꼭 학생들의 외모(두발, 메이크업)를
단속해야 되는데 그럴 때마다 나는 노이로제에 걸릴 지경이다.
내가 제일 싫어했던 폭력을
바로 내가 휘둘러야만 되는 위치에 있다니.
'양심적 병역 거부'하는 사람들이 또라이라고 생각했었다.
웃기시네. 뭐가 '양심적'이야? 그냥 하기 싫으면 싫다고 말해.
지질하게 '양심적'은. 쳇.
이렇게 생각했었다.
이제 그들의 마음이 이해된다.
난 정말…… 학생들, 특히 여학생들의 외모를 단속할 때면
양심적 단속 거부를 선언하고 싶은 생각마저 든다.
내 인생관, 가치관과 전면적으로 반하는 그 일을
일상적으로 해야 한다는 사실이 참을 수 없이 싫다.

무엇보다……

나 자체가 애 엄마'답지'도 않고 여자'답지'도 않고 사십대'답지'
도 않으며 공부만 한 모범생'답지'도 않기 때문에 정말 찔린단
말이다.

10월의 휴머니즘

나는 1년 중 10월이 가장 좋다.

좋은 것만 있고 나쁜 것은 하나도 없는 때이기 때문이다.

학부모 총회, 신학기의 밀당,

각종 경조사가 밀집되어 겪는 경제적 어려움,

지나친 더위나 추위,

어린이날, 스승의 날, 어버이날,

구정, 추석, 양가의 각종 기일,

수능 감독.

와, 이런 '세시풍속'적인 것이 10월엔 단 한 가지도 없다!

게다가 날씨마저 좋다.

그래서 그냥 나로 살면 된다.

내게 이로운 세시풍속일마저 없는 것이 더욱 마음에 든다.

생일이라든지 크리스마스라든지 이런 게 있으면

되게 좋을 것 같지만

이게 또 "즐겁고 행복하게 지내야 한다"는 강박을 주기 때문에

부정적인 측면이 있다.

무상 무위한 게 10월이다.

깨끗하고 차가운 물과 같은 10월.

엄마도 아니고

학부모도 아니고

선생도 아니고

자식도 아니고

며느리도 아니고

그냥 나로 살기만 하면 된다.

사람들이 나를 안 찾는다.

물론 친구가 나를 찾거나 가족이 나를 찾을 수 있다.

하지만 그것은 '세시풍속'적인 것이 아니다.

얼마든지 다른 때로 미룰 수도 있고

사정이 안 된다면 없던 일로 할 수 있다.

또 만나서 해야 할 일이 관습적이지 않다.

하고 싶은 것을 하고 가고 싶은 곳을 가면 된다.

"반드시" 그 자리 그 시간에 있지 않으면,

반드시 어떤 것을 하지 않으면,

두고두고 욕먹는 그런 일정 따윈 없다.

이와 같이 내게 10월은 휴머니즘이 충만한 달이다.

그런데 이 10월이 3주나 남았다.

이건 마치 멋진 외숙모가 벨기에에서 직접 사 온

한정판 고디바 같은 것이다.

맛있는 초콜릿 하나씩 빼 먹는 기분으로 하루하루 보내야지!

잘못된 가설

"세상을 바꾼 천재들도 알고 보면 학교 낙오자였다."

이 말은 많은 사람에게 위안을 준다. 나 같은 미천한 것은 감히 다가갈 수도 없을 정도로 대단한 사람이 알고 보면 나랑 똑같은, 아니 심지어 나만도 못한 부분이 있었다는 사실은 얼마나 위로가 되는가! 그 문장 하나는 학교를 비롯한 각종 규제들, 우리를 둘러싼 공적·사적 집단이 주는 스트레스에 몸부림칠 때마다 우리를 달콤하게 위로한다. 나아가 나도 실은 천재인 것은 아닐까, 하는 허무맹랑한 상상에 잠깐 몸을 맡기게도 한다.

그런데, 그 주장은 과연 책임 있는 주장일까. 세상을 바꾼 천재들 중 일부가 학교 낙오자였다는 것 자체는 백 퍼센트 사실일 수 있다. 하지만 매우 인상적이고 과장적인 맥락에서 자주 인용되는 '천재는 세상의 평범한 룰에 적응하지 못하는 법이다'라는 가설은 매우 무책임하다. 솔직히 '세상의 평범한 룰에 적응하지 못한 자 중에는 천재도 포함되어 있다'고 하는 편이 사실에 가깝지 않나. 평범한 룰에 유달리 적응하지 못하는 일명 '루저' 집단에서 천재가 나온다는 것은 매우 놀랍고 흥미로운 사실이다. 하지만 그것은 예외적인 현상일 뿐, 전자가 후자의 필요조건은 될 수 없기 때문이다.

어려운 학교 과정을 마친 자가 성공을 거두는 것은 어찌 보면 당연하기 때문에 매우 따분한 사실이다. 이는 부모와 교사에 의해서 지겹도록 반복되지만 오히려 그 반복성으로 인해 설득력이 떨어진다. 이때 달콤한 말이 들려온다. 에디슨은 학교 낙오자였고 스티브 잡스는 그저 그런 대학조차 중퇴한 전력이 있다! 크리에이티브한 시대의 리더라면 고루한 규칙에 길들여지지 말라. 에디슨이 학교의 골칫덩어리였고, 대학도 다니다가 만 스티브 잡스가 시대의 아이콘이 된 것은 사실이다. 하지만 성공 가도를 달리거나 천재적 업적을 세운 사람 중 '정규 교육을 평범하고 충실하게 이수한 자들'의 수는 이런 몇 가지 케이스와는 비교도 안 될 정도로 많다.

예외적인 결과는 희망을 준다. 흥미롭고 충격적이기까지 한 그 예외적 사례로 인해 주류에서 배제되거나 소외당하는 자가 희망을 품는 것은 좋은 일이다. 하지만 그것이 기본적인 원칙을 조롱하거나 기존의 가치 전체를 무의미하다고 공격하는 수단으로 쓰이는 것은 아무래도 부당하다.

기본에 충실하기가 어렵다고 한다. 한 명의 천재가 백 명의 둔재를 먹여 살린다니, 기본을 거스르는 천재를 키우는 것도 의미 있겠다. 하지만 백 명의 둔재를 행복하게 하는 것은 더 어렵고, 더 중요하고, 더 멋진 그런 일이 아닐까. 학교생활에 적응하지 못하는 학생을 보며 나는 심리적 갈등을 겪어 왔다. 학생이었을 때나 교사인 지금이나 나 스스로가 솔직히 학교 시스템을 역겨워 할 때가 많기 때문에 그들의 심리에 동감하기 때문이다. 그런데 바로 그때 교사로서의 페르소나가 나의 그러한 마음에 브레이크를 건다. 괴롭다. 예를 들면, 몇 분 늦는 걸로 그 아이와 진정한 대화 대신 지겨운 꾸지람을 반복하다니. 이 아이는 공부는 못 하고, 청소도 좀 도망가고 불성실하지만 감각이 있고 창의적인 그런 아이인지도 모르잖아. 내가 혹시 그 싹을 자르는 멍청한 교사인 것은 아닐까.

하지만 오늘 퇴근길에 생각이 바뀌었다. 라디오에서 흘러나온 일명 그 '학교 부적응자 에디슨 예찬론'을 듣다가 울컥했던 것이다. 에디슨 하나 놓쳤다고 해서 학교 시스템이 무의미한 것은 아니지 않은가. 그렇게 드라마틱한 프로필이 부족해서 대중적 조명을 받지 못한, 그 학교 출신의 모범생 과학자가 있었는지 모른다. 에디슨은 학교를 마치지 못했기 '때문에' 위대한 과학자가 된 것이 아니다. 이렇게 말해야 할 것 같다. 에디슨은 학교를 마치지 못했다. '그리고' 그는 훗날 위대한 과학자가 되었다. 어차피 실험군-대조군이 있었던 것도 아니잖아. 에디슨이 학교를 마쳤다면 더 위대한 과학자가 되었을지도 모르는 거라고.

지하철 홍대 입구 8번 출구

우쿨렐레를 사기 위해 홍대역에 내린 다음 8번 출구로 나왔다. 배고파 죽겠던 차에 바로 앞에 포장마차가 딱 있었다. 김말이에 눈이 꽂혔다. 포장마차 언니는 염색한 머리를 양 갈래로 땋았고 기다랗고 주름이 넉넉하게 잡힌 체크 면 치마를 입고 있었다. 구제 컬러의 도톰한 니트를 걸치고 있는데다 알록달록하게 밝은 색으로 메이크업을 하고 있어서 집시 같은 느낌을 풍겼다. 홍대+우쿨렐레+김말이+집시 언니.

좋다.(관용상 "언니"지만 실제로는 너보다 내가 칠팔 년은 좋이 빈티지 높은 언니일 것이다.)

– 뭐 드릴까요?

– 오뎅 두 개랑 김말이 두 개요.

– 김말이는 비벼 줄까요?

– 네.

그러자 이 집시 언니는 김말이를 튀긴 다음 싹둑싹둑 한 입 크기로 잘라 떡볶이 소스에 버무려 내 접시에 담아 주는데 떡볶이 서너 개도 은근슬쩍 딸려 보내 준다. 김말이는 비벼 줄까요…… 라니! 김말이는 비벼 줄까요…… 라고 하잖나! 나 참, 이런 센스쟁이. 이런 거다. 바로 이런 게 아무리 이 땅구석이 변변찮아도 내가 굳이 조선에서 살아야 하는 이유다.

홍대+우쿨렐레+김말이+집시 언니+떡볶이 서비스.
완벽이랄지 행복이랄지.

그리웠던 포장마차 떡볶이 소스, 먼지가 들어가야 제맛인 떡볶이 소스가 적절하게 묻어 있는 바삭하고 따끈한 김말이를 베어 문다. 아…… 좋다. 이 집시 언니는 얼마나 인적 네트워크가 단단할까 생각한다. 홍대입구역 8번 출구라는 이 '목 좋은 곳'을 차지하기 위해 이 여자가 고군분투한 내력을 내 얌전한 뇌로 상상 가능할까. 걸걸한 목소리, 양 갈래 염색 머리, 체크무늬 면 스커트, 푸짐한 체격, 삼십대 초중반쯤으로 보이는 얼굴, 정말 딱 한 사람 앉을 수 있는 공간에 하루 종일 앉아서 떡볶이를 만든다. 필요한 말만 하고 하염없이 떡볶이를 만들고 고구마며 오징어다리를 튀긴다.

나는 요즘 학교에서 고3 애들에게 수시 1차 면접 전형 대비 모의 면접을 해 주고 있다. 집시 여자가 말아 준 완벽한 김말이를 먹다가 문득……. 너희 말이야, 홍대 8번 출구에서 포장마차 하려면 어떤 인성을 갖춰야 하는지 알아? 어느 정도의 강단과 인내심, 자기 관리가 필요한지 상상이나 해 봤어? 갑자기 이런 질문들이 떠올랐다.

홍대 입구 8번 출구에서 포장마차를 하는 여자가 지닌 인내심+인적 네트워크+성실성+자기 관리+카리스마 등등의 자질을 모두 합산한 것과 나 같은 종류의 직장인이 지닌 각종 자질들을 다 합산한 것을 비교하면 어떤 결과가 나올까.

1) 수치나 크기로 환산한다면?

2) 색깔로 환산한다면?

3) 모양으로 환산한다면?

4) 총 매력 지수는?

등등의 생각을 하다가 '다행이다. 그렇게 합산할 일은 없어서.' 하고 휴, 한숨을 내쉬었다.

전기수 vs. 교사

조선 시대 후기에는 전기수라는 직업이 있었다고 한다. 책을 읽어 주고 돈을 받는 사람이었다. 책 외의 오락거리가 지금보다 극히 적기도 했거니와 책값이 비싸서 아무나 소유할 수 없었을 테고, 소유하거나 빌릴 수 있다 해도 지금보다 문맹이 훨씬 많아 읽지 못하는 경우가 많았을 테고…… 그랬겠지. 그러니까 그런 직업이 존재할 수 있었던 거겠지.

언젠가는 이런 말도 가능할 거 같다.
"세상에…… 옛날에는 '교사'라는 직업이 있었다고 합니다. 좀 더 사적이고 낭만적인 뉘앙스를 지닌 '선생님'이라고도 불렸던 이들은 미성년자들을 나이에 따라 나누어 정해진 내용을 과목

별로 가르쳤습니다. 또한 미성년자들이 인생을 어떻게 살아갈지에 대해서도 자주 조언을 했다고 합니다."

어느 날 문득,
내 직업인 교사가 하는 일이 굉장히 이상하게 여겨졌다.
온 세상이 배울 것 천지인데,
'나'라는 개인에게 필요한 특정한 지식이나 감수성은
그걸 지닌 사람에게 가서 배워야 되는 건데.
선생을 찾는 과정 자체가 배움이고, 험난한 게 당연한 건데.
학생과 선생이 만나는 일은 이렇게 무미건조한 게 아니라
가슴 벅차는 일인데.

얼마나 이상한가.
학교라는 건물에 가면 '선생'이라는 사람들이 한데 모여 있고
하루 종일 그 선생이라는 자가 어떤 공간에 시간마다 들어온다.
그중 '담임'이라는 작자가 가장 이상하다.
넌 뭐가 문제고 넌 뭐가 장점이고 이러면서 인생 상담까지 한다.
진짜 부조리하고 코믹하다…….

가르칠 사람이 학생을 선택할 수도 없고,

학생이 선생을 선택할 수도 없는 이런 부조리한 상태에 대해

먼 훗날 누군가는 경악하거나 비웃을 게 틀림없다.

음……. 생각할수록 이상해.

진짜 이상한 거야…….

할리우드 로코 같은

자기 소개서 대회 심사를 하고 있다. 나는 대학은 한 번에 들어갔으나 취업의 문턱에서 수없이 자소서를 쓰며 낙방했던 흑역사가 꽤 길다. 그걸 지금은 이렇게 담담하게 한 문장으로 쓰고 앉아 있지만 수십 번 미끄러지기를 반복하던 그 시절의 나는, '아, 이렇게 이력서용 증명사진 다시 찍고 자소서를 수정하면서 내 이십대는 끝장나는 게 아닌가.' 하고 소름이 쪽 끼쳤다. 그래서인지 오랜 시간이 지났지만 젊은이들의 자소서를 봐 주는 문제에는 아직도 늘 얼마간의 흥미와 관대함이 찰랑거리는 편이다.

그런데 이번 심사는 만만치가 않다. 며칠 동안 초벌로 슥 보고 오늘 본격적으로 찬찬히 보는데 압도적인 피로에 허우적대고 있다. 왜냐. 이것은 마치 할리우드 로맨틱 코미디를 하루 종일 한 열 편 연속으로 보는 것 같은 느낌이라서. 혹은 중국이나 조선의 전기 소설을 내리 열 편 읽는 것 같은 느낌이랄까. 지나친 매끄러움, 지나친 전형성, 지나친 종합선물세트적 피상성. 아침은 맥도날드 햄버거, 점심은 피자헛 콤비네이션 피자, 저녁은 빕스 스테이크를 먹고 난 것 같은. 느끼한 것에 질렸어. 혀가 마비될 것 같아. 내일은 제발 감자 쪄서 소금만 딱 찍어 먹고 싶다.

2년 정도 3학년 안 가르치는 사이에 애들이 전반적으로 세련돼졌다. 암묵적인 자소서 쓰기 매뉴얼이 구비 전승 또는 족보화된 것도 꽤 됐을 테니 그럴 만도.
그래도 그렇지.
하.
이렇게 짧은 자소서 안에 어쩜 계획, 노력, 좌절, 성공, 배움이 다 들어가 있는지. 그 완결성에 감탄을 하기보다는 진정성이 있는가 하는 커다란 물음표가 뇌를 지배한다. 학생들을 탓할 생각은 전혀 없다. 이런 걸 써야 하는 애들은 또 얼마나 힘들었겠는가. 그런 생각에 오히려 애들한테 미안할 지경이다. 열여덟, 열아홉 먹은 애들이 자기를 소개하는 '대회'에까지 나와야 하는 이런 상황, 이런 입시를 만든 건 어른이니까.

"저는 이와 같이 나눔을 실천해 왔으며……" 이런 식의 표현을 보고 있으면 이게 공직 출마자의 그렇고 그런 연설의 일부인지 파릇파릇한 우리 십대의 살아 있는 '말'인지 심장이 하얗게 질리는 기분이다.

그동안 꾹꾹 참으며 함구해 왔던 '꽃동네' 얘기도 해야겠다. 다들 꽃동네에 가서 한결같이 어려운 이들의 예상치 못한 순수함에 감동을 하거나 거기서 배정받은 단순 노동을 통해 나눔의 삶이 지니는 가치에 대해 배운단 말이야? 이런 걸 읽다 보면 이런 삐딱한 마음이 되고 만다. 물론 어려운 이들을 돕는 것은 고귀하고 아름다운 일이다. 하지만 조금만 생각하면 정말 이상한 것이다. 이건.

거기 갔다 온 게 싫은 사람은 단 하나도 없는 거야? 어째서? 요즘 십대가 그렇게 다 똑같은 이타심을 갖고 있다는 말이야? 아니, 굳이 십대가 아니라도 그렇다. 사람이란 게 어떻게 다 똑같은 심리 과정을 거쳐 똑같은 교훈에 이를 수 있단 말이냐. 이건 말도 안 된다.

자소서도 그렇지만 꽃동네 봉사 활동 후 쓰게 되는 소감문이라는 것들이 입이라도 맞춘 듯 천편일률이다. 글을 쓰되 자기 목소리는 없는 것이다. 일종의 교과서를 쓰는 상황 같은 것.

아, 왜 애들까지 이래야 되는 거야. 꽃동네 봉사 활동 다녀와서 애들이 써낸 판에 박은 듯한 '소감'이란 걸 몇 십 장씩 읽다 보면 엽기적이라는 생각이 들기도 한다. 국회의원 당선자들이 못생긴 당 조끼 입고 느닷없이 동네 시장 찾아가 할머니들 손잡고 사진 찍는 것보다 더 구리다.

그리고 하나같이 무슨 동아리를 맡아서 자기가 부장을 했는데 처음엔 애들이 잘 따라오지 않다가 나중엔 잘되었다니. 어떻게 그런 일이? 어쨌든 끝은 내야 하니 그렇다. 없는 말을 지어 쓴 건 아니더라도 구체적이고 개인적으로 느껴지는 경험 제시도 없이 그런 관념적 표현으로만 마무리된 걸 몇 편 연달아 읽다 보면 감동이라곤 개미 눈곱만큼도 안 생긴다.

좀 프랑스 영화 같을 순 없는 거야? 클로즈업을 할 순 없어? 이렇게까지 촌스럽게 꼭 발단-전개-위기-절정-결말에 강박적으로 맞춰서 써야 돼? 달콤 새콤 쌉싸름까지 해야 하는 할리우드 로코식으로 통일되어야 하는 거야?

얘들아, 미안하다. 너희는 이런 걸 자기소개랍시고 고치고 또 고치고 쓰면서 얼마나 자괴감이 들었겠니. 이런 걸 입시 요소로 반영하는 사회를 만드는 데 직·간접적으로, 손가락을 얹었을 기성세대로서 미안하구나.

그나마 다행인 건, 자소서 뭉치를 읽고서 직접 만나 보고 싶은 학생도 꽤 있었다는 점이다. 드물지만 위와 같은 방식으로 쓰지 않은 학생들이다. 고전 전기 소설에서 미인 묘사하는 듯한 전형적이고 관념적인 표현이 아니라 정말 살아 있는 자기 말로 구체적이고 개인적인 경험을 쓴 학생들도 제법 있었다. 이것은 작문 실력의 문제가 아니다. 자소서에서조차 개인의 피땀이 느껴질 수준이라면 그런 학생은 정말 입체적인 인재일 가능성이 높다. 하지만 모두 그래야 하나. 열여덟, 열아홉…… 고작 그 나이에 그 정도의 완결성을 보여야만 잠재력이 있는 거라고 어떻게 장담하지?

자소서는 비록 교과서 신명조체와도 같이 "딱히 흠잡을 건 없지만" "지나치게 바른" 느낌으로 "지루하게" 썼다 하더라도, 그 학생은 성실하게 공부했을 것이고 정성껏 자소서를 수정해 왔을 것이다. 이 무더위에 이런 대회에 나왔을 정도면 말이다. 이제 겨우 열여덟, 열아홉인 학생이 현재는 별 볼 일 없더라도 몇 년 뒤 폭발적으로 잠재력을 드러내 보일지 어떻게 판단하지? 어려운 문제다.

나를 떨어뜨린 사립 학교가 족히 삼십 곳은 된다. 얼마나 많이 이 학교 저 학교 떨어졌는지, 내 이십대 중반은 〈자소서 쓰기와 면접 보기〉로 요약할 수 있을 정도다. 그래도 나는 몇 년 전, 왕따로 살기 싫어하던 학생을 환하게 웃음 짓게 만들었다. 이십대

중반의 나는 서울 소재 사립대 나온 뭐 그저 그런 젊은 여자애에 불과했지만, 훗날 한 사람의 생명을 살렸단 말이다.

이 아이들은 오죽할까. 그깟 자소서 기가 차게 못 썼다고 뭐가 대수냔 말이다. 그렇게 번지르르하게 언어화하지 못하더라도 마음속에 불꽃 하나 찐하게 태우고 있을지 누가 아느냔 말이다.

자소서는 매뉴얼처럼 무색무취하게 썼더라도 그 성실함으로 어떻게든 원하는 대학에 합격하길. 대학이 이 학생들의 진면목을 생기부와 면접으로 확인하길 간절히 바라 본다.

큰 병에 걸리면 극단적인 처방이 내려진다.

밀가루를 멀리 하라든가

절대 스트레스를 받으면 안 되니 충분한 수면이 필수라든가

술 담배를 끊으라든가 등등.

육체적인 질병에 내리는 처방 못지않게

정신적인 문제에 대한 처방도 필요한데

가령 이런 처방은 어떨까 싶다.

3일간 직장에 병가를 내고

가족에게도 알리지 말고

집에서 나와 호텔에 들어가

온종일 무라카미 하루키를 읽으십시오.

하루에 한 권씩 읽는 것 외에

당신에게 허용되는 것은

카를라 브루니 샹송이나

가지고 있던 에디 히긴스를 트는 것 정도입니다.

절대 요리하거나 장을 봐선 안 됩니다.

삼시 세끼 모두 맛있는 식당이나 베이커리에서

사 먹어야 합니다.

휴대폰은 수신 거부를 해 놓으십시오.

모르는 사람, 생전 처음 보는 사람하고 말하는 것만 허용됩니다.

커피, 담배, 술, 밀가루를 일시에 끊는 것만큼이나

어려운 일이다.

일단 직장에 병가를 3일 내는 것 자체가 어렵다.

3~4일 황금연휴와는 완전히 다르다.

직장인은 연휴가 조성되면 처음엔 뛸 듯이 기뻐하지만

조금만 지나면 기쁨을 유발했던 기대와 계획이

완전히 오산이고 착각이었음을 깨닫게 된다.

연휴는 절대로 나 혼자만의 시공간을 주지 않는다.

진공 상태가 아니라 산소를 포함한 각종 기체로 꽉 찬 것이다.

(산소는 물론 살아가는 데 꼭 필요하지만

사람은 가끔 진공 우주 체험을 할 필요가 있다.)

결국 무라카미를 무려 하루 종일 빈둥대며 읽는 행위는

이루어질 수 없는 '호사'임을 깨닫게 된다.

가슴이 답답한 사람들은 점을 보거나 신경정신과에 간다.

나도 그런 적이 있었다.

하지만 생각해 보면 부질없는 짓이다.

거기서 처방하는 것들에 지불할 돈과 시간과 의지가 있다면

앞의 저 3일간의 '무라카미 테라피'를

결연하게 시행하는 게 여러 모로 낫다.

돈도 훨씬 덜 들고 창의적이며 효과가 확실할 테니까.

끝까지 살아남는 거야

오랜만에 눈이 스스로 떠질 때까지 잤다.

현대인이 누릴 수 있는 최고의 호사를 누리고서

소파에 드러누워 TV를 보는 추가적 호사까지 누린 일요일 아침.

〈그레이 아나토미〉를 보는데 감동 대사.

"나도 예전에 실수했었어. 내 잘못된 판단 때문에 환자가 죽었지. 하지만 난 의사로 남았고 그 뒤로 두 번 다시 같은 실수는 하지 않았어. 난 매일매일 새로운 생명을 살리고 있고 의사로서 성장했어. 네가 만약 지금 그만둔다면 네가 보낸 환자가 마지막 환자가 되겠지. 평생 그 환자만을 생각하며 살게 될 거야. 끝까지 남아서 성장하고 다른 많은 사람들을 살릴 수 있는데도."

늘, 의사와 교사는 공통점이 참 많다고 생각하는데 특별히 더 공감되었다. 1년 내내 왕따로 사는 아이를 내가 지혜롭게 도와주지 못했다는 죄책감에 힘들었던 초임 시절. 적절하지 못했던 처신으로 사이버 테러 비슷한 걸 당하고서 교직에 회의를 느꼈던 때. 심각한 심리적 위기, 직업적 소명 의식에 위기를 경험했던 그때에 내가 교사를 관두었더라면 아마 평생 그것을 마지막 기억으로 하여 고통받았을 것이다.

지금 여기서 난 그때보다는 성장한 중견 교사가 되었고, 아이들과 적절한 관계를 유지하면서 사랑을 주는 방법도 깨달아 가고 있다. 아이들을 돕기 위해선 끓어 넘치는 열정이나 사랑만이 아니라 전문가적인 방법과 기술도 요구된다는 것도 알게 되었다. 그래서 그땐 '무서운 십대'로 각인되었던 고등학생들이 이제 내겐 '같이 성장할 애들'로 다가온다.

어떤 것이든 '끝까지 살아남는 것'은 위대한 것 같다.

심야의 계란 후라이

계란 후라이.

'후라이팬'이 아니라 '프라이팬'이 정확한 표기이니 '계란 프라이'가 맞겠지만 어차피 fried egg에서 온 국적 불명의 용어인데다 '계란 프라이'로는 사전에 등재되어 있지도 않으니 시원하게 불러 보자. 계란 후라이!

계란 후라이라고 했을 때 아무런 감흥이 없는 사람은 드물 것이라고 생각한다. 달구어진 프라이팬에 기름을 둘러 계란을 톡 깨서 익히는 게 전부인 이 요리는 어째서 이렇게 내 마음을 흔드는 것일까. 옛날에는 이게 나에게만 해당되는 줄 알았었다. 그런데 『심야식당×단츄』를 읽어 보니 이 책을 편저한 미식 잡지 '단츄(dancyu)'는 심지어 계란 후라이는 어째서 이렇게 "심오한 것일까"라고까지 했다. 생각해 보니 이다지도 완벽한 모양과 맛을 지닌 음식이니 누구에게나 감흥을 주는 것이 당연하다.

하루키 스타일로 말하자면 계란 후라이는 하얀색 위에 동그란 노란색이 맑게 떠 있는 모습만으로도 사람을 격려하는 것 같다. 괜찮아, 무슨 걱정을 그렇게 깊게 해. 자자, 이 따뜻하고 부드러운 계란 후라이를 뜨거운 흰 밥에 얹어서 먹어 봐. 그리고 힘내. 이렇게 말이다. 계란은 끓는 물에 넣어 9분 삶으면 소금이 따로 필요 없는 반숙 상태가 되고, 좀 더 익혀서 11분이 되어 꺼내서 완숙으로 먹으면 80년대 소풍 간식 같은 빈티지한 느낌을 맛볼 수 있다. 샐러드에 넣어도 훌륭하고 잘 풀어서 설탕과 우유, 소금, 후춧가루를 넣어 스크램블로 먹어도 좋다. 가쓰오부시를 약간 넣어 계란 물을 만든 다음 계란말이 전용 직사각형 팬에 이국적인 느낌으로 조리해서 계란말이로 먹어도 정말 좋다. 가끔 그 안에 명란젓을 넣는 호사를 부릴 수도 있다. 하지만 뭐니뭐니 해도 계란은 프라이팬에 탁 터트렸을 때 생겨나는 넉넉한 타원

형의 흰자위에 맵시 있는 통통한 볼륨을 가지고 떠오른 동그란 노른자의 모양을 하고 있을 때 가장 계란답다.

계란 후라이라고 하면 두 가지다. 노른자의 형태가 그대로 유지되도록 한 면만 익혀서 먹는 것과 아래쪽이 익으면 노른자 쪽을 아래로 가게 한 번 뒤집어서 반대편까지 익히는 것이다. 후자의 경우는 완전히 익혀서 먹고 싶어 그렇게 하는 경우도 있지만, 상당수의 사람이 노른자 주변의 끈끈한 액상의 물질이 싫어서(혹은 '두려워서') 그것을 없앨 용도로 살짝만 익히는 경우도 있는 것 같다. 그게 바로 나다. 하지만 이렇게 해 버리면 아무래도 맑은 노른자가 예쁘게 보이는 형태가 무너지고 만다. 계란을 탁 깨서 프라이팬에 계란이 내려와서 짠, 하고 본래의 무늬를 취했을 때 느껴지는 애초의 그 발랄함이 없어지는 것은 참 속상한 일이다. 어떤 날엔 이 속상함이 너무 크게 다가와서 끈끈이를 감수하고 뒤집지 않고 한 면만 익혀서 먹기도 한다.

그런데 얼마 전 놀라운 정보를 얻었다. 프라이팬에 계란을 톡 깨서 위치시킨다. 이 서니 사이드 업(sunny side up) 상태에 대개는 후추와 소금만 치지만 참기름을 몇 방울 스르륵 둘러 준 뒤 불을 약하게 내린 다음 뚜껑을 덮고 익히는 방법이었다. 본래는 물도 약간 넣으라고 되어 있지만 나는 넣지 않았다. 이렇게 하면 밀폐된 공간에서 형성된 열로 인해 뒤집지 않더라도 윗면이 적절하게 익는다. 하얀색 막이 형성되어 본래의 그 불쾌한 끈끈한 상태가 없어지고 안전하고 아름다운 형태가 된다. 그 하얀색 막 때문에 노른자가 아주 샛노란 것이 아니라 약간 창백한 노란색이 되는데 이게 참 좋다. 마치 하얀 미사포를 쓰고 있는 작은 소녀를 보고 있는 것 같은 은밀한 기쁨이 마음속에 피어오른다고나 할까. 이런 상태의 계란은 한 번도 보지 못했다. 에그 베네딕트 위에 올라간 수란을 처음 봤을 때처럼 놀라웠다.

계란을 뒤집지 않고도, 서니 사이드 업의 단점만 제거한 채 장점은 하나도 버리지 않을 수 있는 것이다. 게다가 계란 후라이에 참기름 몇 방울이라는 것은 기가 막히다. 단지 참기름 몇 방울 넣었을 뿐인데 풍미가 아주 좋다. 알리오 올리오에서 페퍼론치노나 파르미지아노 치즈를 뺀다면 정말 섭섭할 것처럼 이제부터 계란 후라이에서 참기름은 빼 놓을 수 없는 요소가 되고 말

왔다.

몇 년 전에 샀지만 실제로 사용한 지는 1년 정도 밖에 안 되는 WMF의 스테인리스 프라이팬을 정성껏 달구어 새로운 방법으로 계란 후라이를 하고 있다 보면 '계란 후라이 하나 부쳐 줘'의 그 계란 후라이가 아니라 제대로 된 독립적인 요리를 하고 있는 기분마저 든다. 스테인리스 프라이팬에 단백질 요리를 제대로 하는 것은 장담할 수 없는 일이라서 그런 것 같다. 뚜껑이 있는 프라이팬은 이것뿐이기 때문에 이 계란 후라이는 어쩔 수 없이 여기에 할 수밖에 없다. 정성껏, 떨리는 마음으로.

혹시 학생을 가르칠 때도 이런 비장의 한 수가 있는 것 아닐까. 알고 나면 너무나 당연해서 '비장의 한 수'라고 할 수도 없을 정도로 지당한 그런 것 말이다. 그간의 고충이 믿을 수 없을 정도로 단번에 사라지는 동시에 완전무결한 사랑의 대상만이 눈앞에 있는 것이다. '쉬운 진리'를 경험할 수 있는 그런 참기름 몇 방울과 뚜껑은 어디에 있는가. 뭔가 톡톡 넣고 뭘 하나만 덮으면 학생이 우와, 짜잔, 하고 성적이 쭉 올라간다. 갑자기 내 말을 잘 듣는다. 와…… 상상만으로도 기뻐진다. 그런 게 있을 리 없는데도 이렇게 상상의 나래를 펴는 동안만이라도 내게 쾌락을 준 계란 후라이에게 다시 한 번 감사를!

오늘 밤엔 뜨거운 흰 밥에 계란 후라이를 얹어 먹어야겠다.

고딩 관찰 보고서

2016년 10월 17일 처음 찍음

정지은 지음

펴낸곳 도서출판 낮은산
펴낸이 정광호 | **편집** 강설애 | **일러스트** 한차연 | **디자인** 스튜디오 헤이, 덕 | **제작** 정호영
출판 등록 2000년 7월 19일 제10-2015호
주소 04048 서울시 마포구 독막로9길 23 아덴빌딩 3층
전화 (02)335-7365(편집), (02)335-7362(영업) | **팩스** (02)335-7380
홈페이지 www.littlemt.com **이메일** littlemt2001ch@gmail.com **트위터** @littlemt2001hr
제판·인쇄·제본 상지사 P&B

ISBN 979-11-5525-066-2 03810

이 도서의 국립중앙도서관 출판예정도서목록(CIP)은 서지정보유통지원시스템 홈페이지(http://seoji.nl.go.kr)와
국가자료공동목록시스템(http://www.nl.go.kr/kolisnet)에서 이용하실 수 있습니다.
(CIP제어번호: CIP2016024011)